독도고래

독도고래

장석주 지음 | 이두식 그림

문학의 문학

차례

일각수 고래

이것은 독도 인근 바다에 살았던 토종 고래의 이야기입니다. 상괭이라고 부르는 고래입니다. 이 고래는 다른 고래에 견줘 몸집이 작고 이마에 작은 뿔이 있었습니다. 고래들은 이 고래를 일각수 고래로 기억합니다. 진짜 뿔이 나있었을까요? 그 뿔은 돌연변이로 불쑥 튀어나온 혹입니다. 아, 아닙니다. 혹이 아니라 뿔이 맞습니다. 그는 다른 고래가 갖지 못한 이마의 뿔로써 무리에서 뚜렷한 개별성을 갖게 되었지요.

뿔을 가진 고래라니! 그것은 고래 무리에서 특별한 일이지요. 이 고래는 말을 잘하는 것도 아니고 아주 똑똑한 것도 아니었어요. 그저 평범하고 작은 몸통을 가진 고래인데, 뿔 때문에 특별한 고래

가 되었어요. 아, 잠깐만요. 다시 한번 생각해볼까요. 그 일각수 고래의 생각, 일각수 고래의 말, 일각수 고래의 행동이 남다름으로써 그 이마에 솟은 작은 뿔이 특별함의 징표가 되었던 것입니다. 사실을 밝히자면, 일각수 고래는 나와 가장 가까운 친구였습니다. 이제 나는 독도 근해에서 태어난 그 일각수 고래가 꿈을 찾아 떠난 아주 특별한 여행에 대한 이야기를 시작하려고 합니다.

"세상의 끝은 어디일까?"

가끔 일각수 고래는 꿈을 꾸는 듯 몽환에 빠진 아득한 눈길이 되어 그런 뜬금없는 물음을 던지고 했습니다. 우리 고래 무리 중에서 그런 물음을 던진 고래는 그 일각수 고래가 처음입니다. 물론 그 일각수 고래의 물음에 답을 할 수 있는 고래는 아무도 없었습니다.

"우리는 왜 고래일까?"

그 물음도 일각수 고래의 것입니다.

"우리는 왜 갈매기가 아니고 고래일까?"

우리 무리 중에서 아무도 그런 물음을 한 적이 없습니다. 일각수 고래는 공상이 많았고, 고래 세상에 대해, 그리고 고래 세상 밖의 일들에 대해 궁금한 것도 많았습니다.

"우리는 왜 남극이나 북극이 아니라 이 동해에서 태어나 살고 있는 것일까?"

우리는 그런 물음을 던지는 일각수 고래가 이상하다고 생각했습니다. 당연한 것을 당연한 것으로 받아들이지 못한 일각수 고래의 머릿속은 도대체 어떻게 된 것일까, 뭐, 이런 생각을 하곤 했었지요.

"여기서 동쪽으로 끝없이 가면 그곳은 어떤 세상일까?"

세상의 끝을 궁금해 하고, 자신이 왜 고래일까에 대해 의문을 품었던 일각수 고래는 어디로 갔을까요?

독도의 탄생

5만 년 전쯤이었습니다. 한반도의 이곳저곳에 공룡들이 득실거리고, 하늘엔 익룡翼龍들이 떼 지어 날아다니던 시절이었지요. 그 무렵, 저 북쪽에 있는 높은 산에서 화산 폭발이 있었습니다. 나중에 백두산이라는 이름을 갖게 된 그 산에서 화산이 터지자 거대한 불꽃 기둥과 함께 용암이 하늘 위로 수 킬로미터나 높게 솟구치고, 검은 화산재는 수백 킬로미터 떨어진 저 먼 남쪽 바다까지 날아갔습니다. 그 화산재 때문에 땅도 어둡고 바다도 캄캄해졌습니다. 백두산 일대의 조수鳥獸들은 놀라서 일제히 멀리 달아나고 수목樹木들은 타서 재가 되거나 용암에 덮여 녹아내렸습니다.

화산 활동은 30년 동안이나 이어졌습니다. 호랑이, 늑대, 삵, 이리, 칡범, 고슴도치, 고라니, 사슴, 오소리, 너구리, 수리, 올빼미, 매, 뱀, 도마뱀, 산개구리들은 모조리 그 땅을 떠났거나 미처 피하지 못한 놈들은 죽었습니다. 풀과 나무들은 자랄 수가 없었습니다. 백두산이 화산 활동을 하던 그때 한반도 일대는 하늘에 담요자락이 덮인 듯 어두컴컴했습니다. 한반도 전체가 깊고 적막한 암흑기였던 셈이지요.

화산은 폭발한 지 서른 해가 지나자 멈추고, 분화구는 식은 뒤 내린 빗물이 차오르자 커다란 호수가 되었습니다. 백두산 화산이 터지는 그 무렵 동해에도 어마어마한 지각 변동이 일어났습니다. 해저 대륙붕이 가라앉고 솟구치며 바다 한 가운데 돌섬들이 생겨났는데, 독도의 섬들도 그때 생긴 돌섬들 중의 일부입니다.

그로부터 4만 3천 년쯤 흐른 뒤에 한반도 여기저기에 다양한 숲들이 생기고 다시 많은 동물들이 나타났습니다. 그 전에 가장 흔한 동물이던 초식 공룡들의 시대는 끝나고 호랑이와 늑대와 멧돼지들이 더 많이 퍼지고 수많은 조류들이 날아와 둥지를 틀고 새끼를 낳아 기르며 새로운 주인이 되었습니다. 아직 어디에도 사람들은 보이지 않았습니다. 동해의 독도 주변에 저 먼 바다에서 흘러온 고래

무리들이 들어와 살기 시작한 것도 그 무렵입니다.

땅에 떨어진 일년생 초본식물의 씨앗들이 발아하고 묵은 가지에서 움싹이 돋아납니다. 내륙의 물빛은 순해지고 막 새잎이 돋아나는 물가 버드나무 가지의 연두빛에서 자글거리는 햇빛은 도타워지지요. 어느덧 언땅이 풀리면 죽순은 땅거죽을 뚫고 씩씩하게 올라오고 고사리 새순도 표토를 밀어 올리며 다소곳이 올라옵니다. 내륙의 봄은 구름 같은 벚꽃이 만개했다는 소식과 함께 이미 한창입니다.

봄의 생동하는 기운은 땅에 뿌리를 내린 식물이거나 땅이 내는 소출로 주린 배를 채우고 돌아다니는 발 달린 짐승 따위 모두에게 평등하게 뿌려집니다. 금강소나무숲과 바위들과 관목들이 어우러진 산등성이마다 상처 난 짐승처럼 음산하게 웅웅거리던 북풍은 잦아듭니다. 내륙 산악과 평지에 가득 차오르는 봄기운들이 번지며 세상은 화창해지고 발 달린 목숨을 받은 뭍짐승들은 떨림으로 계절의 신호들을 수신합니다.

봄바다에는 딱히 계절을 구분할 만한 그 무엇이 없습니다. 망망대해에서 눈길에 잡히는 것은 바다의 속눈썹인 먼 수평선, 어린 숭어새끼들과 같이 일어나는 너울과 너울의 높은 곳에 걸친 햇빛이 전부입니다. 그래도 봄바다는 겨울바다와는 확연하게 다릅니다. 너울은 높이가 낮고 밀려오는 속도도 급하지 않은데, 너울을 밀고 오는 남동풍은 한 줄에 매달린 작은 편종들을 흔들어 소리를 울리며 달려오는 듯합니다. 너울의 높낮이나 유속流速은 고난과 희망의 신호로 상상되지는 않습니다. 물너울에서 굳이 엽록소 빛깔을 찾는 것은 바다에서 징표 없는 봄을 읽어내려는 조바심 같은 것 때문이겠죠. 눈길이 가 닿지 못하는 저 바다 속에 물미역은 무성하고 냉수성이거나 한랭성, 혹은 회유성 생태를 가진 바다 생물들이 무리를 지어 유영을 합니다.

울릉도에서 출항하는 여객선 삼봉호가 직선항로를 따라 운행할 때 독도까지 소요되는 운항 시간은 대략 두 시간 반 정도입니다. 울릉도에서 독도까지 이어지는 항로는 햇빛이 화창하고 파도는 낮습니다. 삼봉호 선장은 선내방송으로 날이 좋아 독도에 올라갈 수 있으리라는 희망적인 관측을 내놓습니다. 울릉도를 떠난 지 두 시간여 지났을 때 바다 저편에서 독도가 홀연 그 모습을 드러냅니다. 매복했던 척후병과 같이 나타난 독도는 늠름하면서도 적막해 보였습니다. 독도는 바다 위에서 척추를 수직으로 세워 일어섰는데, 하늘에 가까워질수록 경사의 각이 무뎌집니다.

눈을 가늘게 뜨고 보면 선연한 햇빛 아래 초연하게 자태를 드러낸 독도는 늙은 암컷의 젖무덤 같이 보입니다. 동해에서 산란하고 서식하는 명태, 대구, 방어, 참돔, 고래 따위의 바다 생물들이 태곳적부터 저 젖무덤의 젖꼭지를 물고 생명을 이어왔을 겁니다. 괭이갈매기, 재갈매기, 바다쇠오리, 깝짝도요새, 청도요, 멧도요는 말할 것도 없거니와 내륙에서 날아와 독도에 둥지 틀고 눌러앉은 노랑지빠귀, 직박구리, 진홍가슴딱새, 휘파람새, 박새, 촉새 따위들도 내치지 않고 품고 먹이고 길러냈을 겁니다. 토대왕, 갯개미자리, 섬갯장대, 돌피왕김의털, 큰비쑥, 땅채송화, 돌나물, 괭이밥, 개사상자, 해국 따위 같이 독도에 토착하는 자생식물이나 해송, 향나무, 섬괴불나무, 동백, 후박보리장나무, 무궁화 등과 같은 내륙에서 건너온 조림목들이 독도가 품에 안고 기르는 것들입니다. 독도의 존재 자체가 실물로서 엄숙하며 통렬합니다. 독도의 의연함은 수만 년 된 암석의 회색빛 때문인지 오랜 세월 늙지 않고 수행하는 노스님 같기도 합니다.

독도는 금강金剛이나 설악雪嶽과 한 뿌리를 이룬 한반도의 지각판에서 화산이 폭발하며 융기한 화산 섬입니다. 독도는 크게 동도와 서도로 나뉘는데, 그 두 개의 섬은 주변에 죽순처럼 돋아나 포진해 있는 서른 여남은 개의 작은 섬과 암초들을 거느립니다. 총면적이 여의도 광장의 절반 크기인데, 한반도에 사는 사람들의 심경 속에서 그 부피감은 실제 크기와는 상관없이 크게 다가옵니다. 한반도의 동쪽 끝 바다 한가운데에서 불쑥 솟구친 저 거대한 암석덩어리는 한반도 사람의 심장이고 쓸개와 같습니다. 독도의 푸른 상공 가득 뿔피리 소리를 풀어내는 바람과 파도, 괭이갈매기들의 울음소리들은 한반도 사람의 모국어 발음체계와 완벽하게 똑같습니다.

봄날에 독도를 찾는다면, 봄날의 해풍과 햇빛에 말갛게 씻긴 얼굴로 맞는 저 독도를, 해식동굴과 해식대와 협곡들, 독도 경비대들이 다니는 길을 볼 수 있을 겁니다. 바다의 날씨는 종잡기 어렵습니다. 독도 인근 해역의 파도가 갑자기 높아졌습니다. 울릉도를 떠나온 배는 독도 접안을 포기한 채 독도 주변을 느리게 선회합니다. 고성 속초 강릉 주문진 울진으로 이어지는 동해 연안의 내륙에 우뚝 솟은 태백산맥을 훑고 내쳐 달려온 바람이 너울을 만들어 가파르게 바다로 미끄러지는 독도의 벼랑들에 부딪치며 하얀 포말을 날립니다.

어느덧 저 수평선을 물들이는 낙조로 인해 하늘과 바다를 수평으로 가르는 금이 불분명하게 번집니다. 독도에 접안하지 못한 채 바다에 정박해 있던 배가 돌아갈 채비를 서두릅니다. 뱃전을 거칠게 때리며 튀어오른 포말이 갑판을 적십니다. 물이 끓는 솥에 밀가루 수제비 반죽 떨어지듯 어둠이 사위에 뚝뚝 떨어지며 어두워지고 파도는 사나워집니다. 이때 바다 속에서 이 여객선을 지켜보는 고래 한 마리가 있습니다. 독도 토박이 종인 상괭이 새끼입니다. 여객선이 울릉도 쪽으로 출발하자 상괭이는 배와 반대되는 서도 쪽으로 천천히 헤엄치며 나갑니다. 자, 지금부터 시작하는 이야기의 주인공입니다. 이 상괭이가 일각수 고래, 즉 외뿔 고래입니다.

스크류에 찢겨나간 새끼고래

봄날입니다. 땅에서 씨앗들은 발아해서 새싹이 돋고, 꽃나무들은 꽃망울이 도톰해졌습니다. 햇볕은 바다 아래까지 길게 뻗쳐 들어왔지요. 저 공중에 떠 있는 태양에서 뿜어대는 광대한 빛이 스며 든 바다는 푸른 돔 같습니다. 겨우내 차가웠던 물의 온도가 오르면서 해조류들은 더 푸르러지고, 바다 생물들도 저마다 푸른 생명의 날비린내를 뿜어내는 그런 날이지요. 하늘에는 괭이갈매기들이 떼 지어 날고, 새벽부터 고기잡이에 나선 배들이 먼 바다를 향해 물살을 가르며 나아갔습니다.

새벽부터 눈을 뜬 새끼 고래 아홉 마리가 물속에서 자맥질을 하고 있었습니다. 바로 그때 빠른 속도로 바다를 가로질러 가는 어선이 있었습니다. 새끼 고래들은 어선이 가까이 오는 것을 보고 흩어졌습니다. 그런데 미처 어선을 피하지 못한 새끼 고래 한 마리가 배의 스크류와 충돌했습니다. 순식간에 일어난 일이었습니다. 어선의 스크류와 충돌한 새끼 고래는 몸이 기우뚱 솟는 듯 하더니 이내 다시 물속으로 가라앉았습니다. 몸통의 일부가 스크류에 의해 찢겼는지 붉은 피가 흘러나오고 있었습니다. 그것으로 그만이었습니다. 새끼 고래는 저 바다 밑바닥으로 사라졌습니다.

그 무리 속에 있던 외뿔이는 그 고래의 죽음을 보고 얼어붙는 듯 충격을 받았습니다. 새끼 고래들은 놀라서 사고가 있던 곳에서 흩어졌습니다. 아마도 제각각 집으로 돌아갔겠지요. 그러나 외뿔이는 그 자리에 오래 머물러 있었습니다. 외뿔이는 지느러미 하나조차 움직일 기운도 없었습니다. 온몸에 피가 다 빠져나간 듯 했습니다. 물론 외뿔이는 그 이전까지 한 번도 다른 고래의 죽음을 본 적도 없었고, 죽는다는 것에 대해 생각해 본 적도 없었습니다. 고래는 죽는다…… 일각수 고래는 갑자기 무서운 생각이 들었습니다. '고래는 죽는다!'는 깨우침이 번개와 같이 외뿔이의 머리를 꿰뚫고 지나갔던 것입니다.

외뿔이는 온힘을 다해 물속을 달렸습니다. 죽은 새끼 고래가 머릿속에 남아 있었습니다. 동해의 하늘 한쪽이 붉게 물듭니다. 머잖아 붉은 작약이 꽃잎들을 활짝 펼치는 듯한 장엄한 일출이 있겠지요. 해가 뜨면 푸른 대기 아래 너른 바다는 황금 도금이라도 한 듯 금빛 물살을 뒤채며 번쩍이겠지요. 잠잠하던 바다 속도 시끄러워졌습니다. 정어리떼가 푸른 물속에서 종횡으로 움직이며 군무群舞를 추고, 그 옆으로 은빛 멸치떼들이 솟구쳤다가 다시 곤두박질을 치고 흩어졌다 모이고 다시 흩어졌다 모이고 그렇게 대오를 여러 번 바꾸며 지나갔습니다. 바로 양미리떼가 나타나 은빛으로 치솟고 꿈틀댔습니다. 양미리떼가 솟구쳤다가 내려올 때는 마치 수직으로 상승했던 분수가 공중에서 은가루를 흩뿌려대는 것만 같았습니다. 양미리떼가 지나간 뒤 나타난 것은 오징어들이지요. 오징어들은 마치 몸통과 긴 다리들 사이 어딘가에 작은 추진체를 장착한 것처럼 제각각 물속에서 빠르게 움직였습니다. 외뿔이의 눈에서는 눈물이 흘러나왔습니다. 눈앞에서 벌어졌던 새끼 고래의 죽음이 믿기지가 않았습니다.

외뿔이는 집에 돌아와 엄마 품에 안겼습니다.

"아가야, 밖에서 무슨 일이 있었니?"

외뿔이는 말을 할 수가 없었습니다. 그저 엄마 품에 안겨 울었습

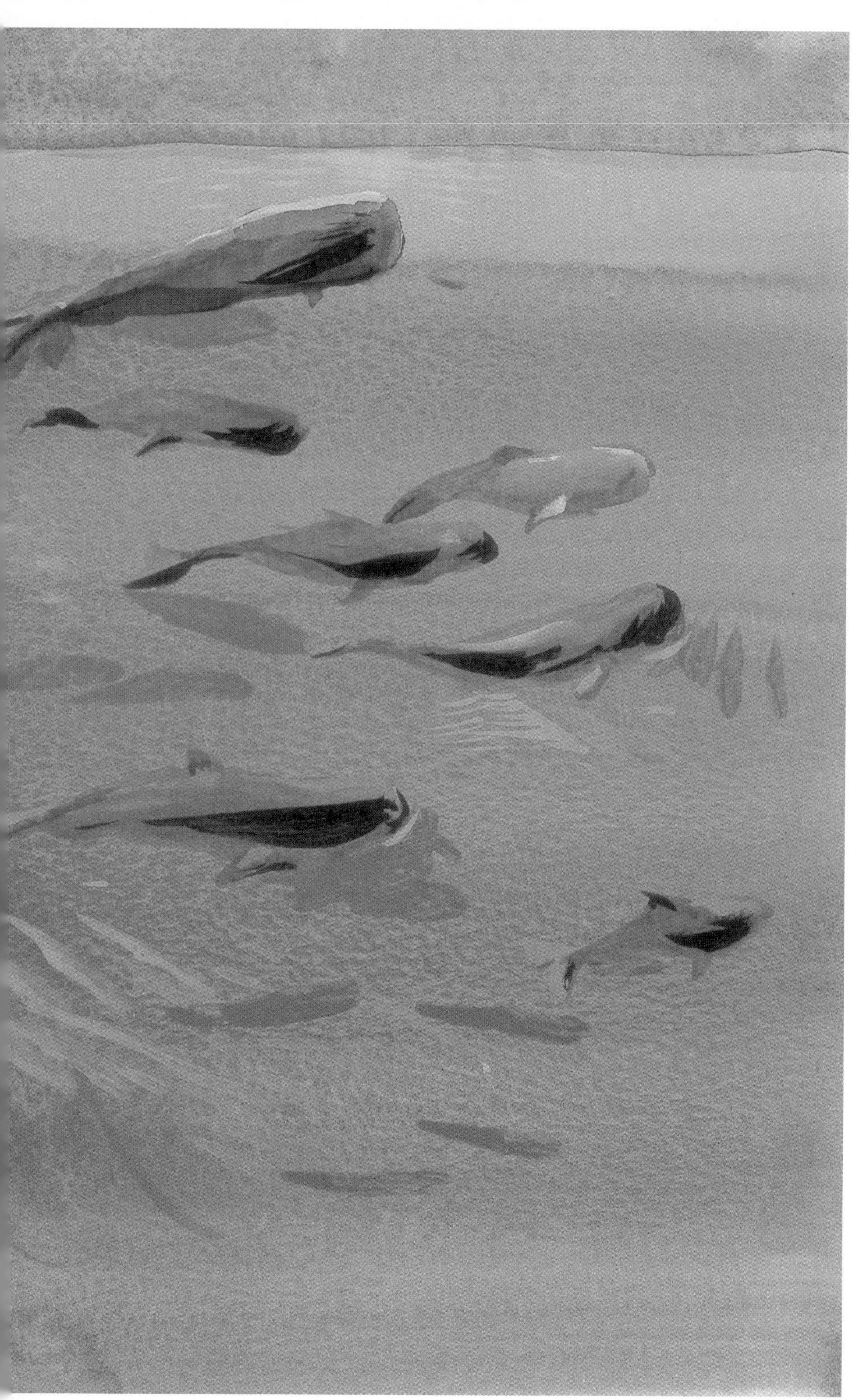

니다.

"고래가 죽었어요."

외뿔이는 배의 스크류와 충돌하며 죽은 새끼 고래에 대해 이야기를 했습니다.

"그랬구나. 얼마나 놀랐니?"

"그 고래는 이제 돌아올 수 없겠지요?"

"죽음이란 그런 것이란다. 죽는다는 건 존재의 끝을 뜻하지."

"존재의 끝이라구요?"

"그건 영원히 잠에 드는 것이나 마찬가지란다."

"엄마도 죽을 수 있나요?"

"태어난 모든 존재들은 한번은 죽게 되지. 그러니 언젠가 엄마도 죽겠지."

"엄마가 죽으면 엄마를 다시 볼 수 없는 건가요?"

"네가 엄마를 사랑한다면 너는 마음으로 엄마를 볼 수 있겠지."

"고래들은 왜 죽나요?"

"고래만 죽는 게 아냐. 모든 살아있는 것들은 다 죽게 되어 있단다."

"죽을 거라면 애초에 왜 태어났을까요?"

“삶은 죽음에서 나오는 거란다. 우리는 각각 다른 몸으로 태어나지만 생명들은 다 연결되어 있단다. 그러니 하나의 생명이 죽는다 해도 생명은 끝난 게 아니란다. 엄마가 죽었다고 해도 네가 엄마를 그리워하고 계속 기억하는 한 엄마는 네 안에서 살아 있는 거지. 너는 엄마를 사랑하지?”

“그럼요. 사랑해요, 엄마를.”

외뿔이는 엄마를 끌어안았습니다. 외뿔이의 가슴은 사랑으로 충만했습니다. 그 순간 우주가 다 환해지는 듯한 기쁨이 외뿔이를 감쌌습니다.

상어떼가 엄마를 습격하다

외뿔이는 독도 인근 바다에서 태어난 지 삼 년이 된 상괭이입니다. 상괭이는 몸집이 가장 작은 고래류에 속합니다. 상괭이는 등지느러미 대신 융기가 있고, 몸통 빛깔은 청회색입니다. 머리는 작고 이마가 둥근 편입니다. 외뿔이는 몸집이 작고 몸통은 땅딸막한 상괭이 새끼입니다. 성질은 온순하고 행동은 신중한 편입니다. 수면 위로 뛰어오르는 동작을 할 때는 높이 도약합니다.

다른 어린 상괭이들과는 달리 외뿔이는 장난끼가 심하고 모험심이 많습니다. 외뿔이의 이마에는 큰 상처가 아물어서 생긴 흉터가 있고, 그 흉터가 아문 자리가 작은 혹으로 솟아났습니다. 다른 고래들은 그것을 뿔이라고 생각했습니다. 외뿔이는 이마에 뿔이 난 새끼 고래입니다. 어떤 어른 고래가 그 혹을 만지면서, "너는 일각수 고래구나!" 하고 감탄했습니다.

외뿔이는 엄마에게 다른 고래들에게 있는 아빠가 왜 없느냐고 물었습니다. 그때마다 엄마는 슬픈 표정만 지을 뿐 아무 말도 없었습니다.

"넌 아빠가 없지?"

또래의 작은 고래들이 일각수 고래를 놀렸습니다.

"저 녀석은 애비도 없지."

어른 고래들도 외뿔이 뒤에서 수군거렸습니다.

"너는 일각수 고래와는 놀지 말거라!"

자기 자식들에게 외뿔이와 어울리지 말라고 하는 어른 고래들도 있었습니다.

"왜요?"

"아빠가 없이 자란 고래는 나쁜 고래이기 십상이지. 그런 고래의 마음에는 나쁜 것들이 그득할 거야. 그런 친구는 도움이 되지 않을 거야."

외뿔이는 어려서부터 외톨이였습니다.

다른 꼬마 고래들이 놀아주지 않았습니다. 외뿔이가 나쁜 짓을 한 게 아닙니다. 단지 외뿔이에게 아빠가 없다는 사실 때문이었습니다.

"왜 내겐 아빠가 없는 걸까?"

외뿔이의 가슴에 그런 물음들이 응어리져 있었습니다. 엄마는 외뿔이에게 왜 아빠가 없는지 말해주지 않았습니다.

외뿔이는 외톨이로 지내는 슬픔을 꾹 참았습니다. 왜냐하면 아빠 고래가 없는 것은 사실이었으니까요.

어느 날입니다. "네게도 아빠가 있었단다. 그런데……" 엄마가 외뿔이를 끌어안으며 말했습니다. 그날 엄마는 외뿔이에게 아빠 얘기를 들려주었습니다. 아빠 고래가 갑자기 고래 무리에서 사라졌다는 것입니다. 엄마는 그때 무슨 일이 있었는지 자세하게 말해주지는 않았지요. 다만 아빠 고래가 매우 지혜롭고 훌륭해서 여러 고래들의 존경을 받았다고 말해주었습니다.

다른 고래들이 외뿔이를 보고 "애비가 없는 자식!"이라고 손가락질할 때 엄마는 속이 쓰라렸다고 말했습니다. 그 말을 하는 엄마의 눈에서 눈물이 흘렀습니다.

"너는 애비가 없는 자식이 아니란다. 너의 아빠는 다른 어떤 고래보다 더 큰 꿈을 갖고 있었고, 지혜로운 고래였단다. 어떤 고래라도 네 아빠를 만나 조금만 얘기를 나누면 그 훌륭함에 저절로 고래를 숙였지. 많은 고래들의 존경을 받게 되자 어떤 고래들은 네 아빠를 질투하고 시기하기 시작했단다."

엄마에게서 아빠 고래에 대한 얘기를 듣는 동안 외뿔이의 가슴이 크게 열렸습니다.

"네가 태어나고 얼마 되지 않았을 때 네 아빠가 먼 바다까지 사냥을 나갔단다. 사냥을 나간 지 하루가 지나고 이틀이 지나고 사흘이 지나도 네 아빠는 집에 돌아오지 않았단다."

"아빠는 어디에 가셨을까요?"

"모든 고래들이 네 아빠가 죽었기 때문에 집에 돌아오지 못한 것이라고 말했단다."

"아빠는 그때 죽은 걸까요?"

"보름이 지나도록 네 아빠는 집에 돌아오지 않았으니까, 다들 죽었다고 생각하는 것도 이상한 일은 아니었지. 그런데 엄마는 이웃 고래들의 말을 믿지 않았단다. 네 아빠는 지혜로운 고래였으니까. 무슨 사정이 생긴 것이겠지, 하고 네 아빠를 기다렸단다."

"아빠는 어떻게 되었어요?"

"밤하늘에 뜨는 달이 두 번이나 둥글어졌다가 다시 가늘어졌다가 아주 어두워지는 어느 그믐밤에 네 아빠가 돌아왔단다."

"아, 살아 있었군요."

"네 아빠의 몸통에는 깊은 상처가 있고, 눈은 충혈돼 있었단다. 그것들은 집으로 돌아오는 길이 얼마나 힘들었는지를 말해 주는 증거들이지. 네 아빠는 집으로 돌아오자마자 사흘 낮과 밤을 잠만 잤단다."

"아빠에게 무슨 일이 있었나요? 아빠는 대체 어딜 다녀온 거지요?"

"잠에서 깨어나고 기력을 되찾자 네 아빠는 말했단다. 우리가 사는 이 바다 너머에 또 다른 바다가 있다고. 고래 무리 중에 그 바다를 본 고래는 아무도 없다고 했단다. 당신은 거길 다녀왔다고 했단다."

"네? 바다 너머의 또 다른 바다라니요?"

"처음엔 나도 그게 무슨 말인지 몰랐단다. 네 아빠는 그 뒤로 계속 바다 속의 바다, 바다 너머의 바다에 대해 다른 고래들에게 말했었지. 물론 다른 고래들은 그 말을 믿지 않았단다."

"그런 곳이 정말 있나요?"

"네 아빠가 그곳을 다녀왔다고 했지. 다른 고래들은 네 아빠의 말을 믿지 않았을 뿐만 아니라 네 아빠가 미쳤다고 수근거렸지."

"그래서요?"

"네 아빠는 고래 부족장들의 회의에 나가 그 얘기를 하게 되었단다. 고래 부족장들도 네 아빠의 말을 믿지 않았지. 고래 부족장 회의에서 네 아빠에게 바다 속의 바다가 있다는 사실을 증명하라고 명령했단다."

"아빠는 어떻게 했나요?"

"그걸 어떻게 증명할 수 있겠니? 영겁의 시간이 흐르는 바다, 모든 생명체들이 평화롭게 사는 그 바다 속의 바다는 아무도 가 본 사람이 없는 바다란다."

"왜요? 왜 증명할 수 없나요?"

"네 아빠 혼자 그곳을 다녀왔으니 그 사실을 증명할 방법은 다시 그 바다 속의 바다를 다녀오는 수밖에 없었단다."

"그래서 떠났나요?"

"그래. 네 아빠가 떠난 지 벌써 일곱 해가 지났단다. 고래 부족장 회의에서는 네 아빠가 고래 사회 전체를 기만했다고 선언했단다. 네 아빠는 거짓말로 고래들을 속인 나쁜 고래가 된 거지. 일부 고래들이 네 아빠 말을 듣고 그 바다 속의 바다를 찾으러 가야 한다고 술렁였단다. 고래 부족장들은 고래 사회를 위해서 네 아빠를 고래 사회에서 추방하기로 결정했단다. 그러니까 네 아빠는 살아 있다고 해도 다시는 고래 사회로 돌아올 수가 없게 된 거지."

"아빠는 살아 있을 거예요."

아, 바다 속의 바다를 찾아 떠난 아빠! 외뿔이의 심장이 쿵쿵거리며 뛰었습니다.

외뿔이에게 슬픈 일이 생겼습니다. 엄마가 갑자기 죽은 것입니다. 엄마의 죽음은 외뿔이에겐 재앙이나 다름없었습니다. 동쪽 바다로 먹이를 구하러 나갔던 고래들이 상어떼의 습격을 당했던 것입니다. 그날 열아홉 마리의 고래들이 상어떼에게 공격을 당했고, 그들은 다시는 평화로운 독도 바다로 돌아오지 못했습니다. 그것은 고래 사회 전체에도 큰 슬픔과 충격을 안긴 사건이었습니다. 고래 사회의 원로회의가 소집되고, 원로 고래들은 상어떼의 만행을 응징해야 한다고 한 목소리로 말했습니다.

"이건 묵과할 수 없는 도발입니다."

"맞습니다. 상어떼의 만행에 대해 복수를 해야 합니다."

"눈에는 눈, 이에는 이, 생명에는 생명으로 갚아주어야 합니다."

"네, 좋아요. 상어떼가 저지른 이 흉악한 일에 대하여 그냥 지나갈 수 없다는 의견에는 다들 동의하시죠?"

"네, 그래요."

"자, 어떤 식으로 응징을 할까요?"

"우선 상어떼에게 정중한 사과를 요구합시다."

"그들에게요? 사과를?"

"그들이 잘못했다는 사실을 시인하고, 다시는 그렇게 하지 않겠다는 다짐을 받아내는 겁니다."

"열아홉 마리의 고래들이 죽었습니다. 그런데 잘못했다는 사과를 받고 그들을 용서합니까?"

"아마 그들은 사과조차 하지 않을 겁니다."

"그들은 열아홉 마리의 고래들이 죽은 게 상어떼의 공격 때문이라는 증거를 요구할 겁니다."

"그들은 항상 뻔뻔하니까요."

"그들이 열아홉 마리의 고래를 죽이지 않았다고 주장한다면 어떻게 해야 합니까?"

"응징해야 하지요."

"어떻게요?"

원로회의에 참석한 스물넷의 고래 원로들은 자신들에게 상어떼를 응징할 만한 어떤 방법도 없다는 것을 잘 알고 있었지요. 그래서 응징해야 한다는 점에는 동의를 하지만 그 방법을 제시하지는 못했습니다. 어떤 원로 고래는 울분을 토했고, 어떤 원로 고래는 한숨을 내쉬었습니다.

"언제까지 상어떼에게 당하고 살 수 만은 없어요."

"누가 그걸 모릅니까? 방법이 없잖습니까?"

고래 원로들이 오후 내내 머리를 맞대고 의논했지만 어떤 해법도 내놓지 못했습니다. 결국 아무 소득도 없이 원로회의는 끝나고 고래 원로들은 흩어졌습니다. 고래들에겐 상어떼와 맞설 무기가 없었고, 고래 원로들은 그 사실 때문에 자괴감에 빠졌습니다.

한 원로 고래가 자기도 모르게 "바다에 연꽃 피면 외뿔 고래 오신다네~"라는 노래를 나지막이 흥얼거렸습니다. 그걸 신호로 고래 원로들은 슬픔이 가득한 목소리로 그 노래를 합창으로 불렀습니다.

꿈이구나 꿈이구나

사는 것도 꿈이요 죽는 것도 꿈이구나

이제오나 저제오나 외뿔 고래
꿈을 밟고 오시려나 외뿔 고래

꿈이구나 꿈이구나
사는 것도 꿈이요 죽는 것도 꿈이구나
바다에 연꽃 피면 외뿔 고래 오신다네
바다에 연꽃 피면 외뿔 고래 오신다네

언제부터인지는 모르지만 어린 고래들은 "바다에 연꽃 피면 외뿔 고래 오신다네~"라는 노래를 불렀습니다. 외뿔 고래는 신비한 피리를 부는 전설 속의 고래입니다. 그 피리 소리가 얼마나 감미롭던지 바다 속의 생물들은 삼백 예순 날들을 모두 황홀경에 빠져 저절로 춤을 춘다고 했습니다. 그때 바다는 영롱하고 하늘은 빛으로 충만해서 고래들은 먹지 않아도 배부르고 삼백 예순 날 춤을 추어도 피곤하지 않다고 했습니다.

고래들은 오랜 세월 동안 외뿔 고래가 오는 날에는 바다의 생물들이 먹고 먹히지 않으며 상생하고 평화롭게 살 수 있다고 믿어왔습니다. 그래서 고래들은 고난과 시련이 닥칠 때마다 "바다에 연꽃

피면 외뿔 고래 오신다네~"라는 노래를 부르며 그 힘든 세월을 견뎌왔습니다. 하지만 외뿔 고래가 온다 한들 이제 엄마는 돌아오지 않습니다.

외뿔이는 엄마가 했던 말들을 떠올렸습니다.

"아가, 이젠 너도 제법 많이 컸구나!"

"엄마, 아직 멀었어요! 저는 아직도 꼬마잖아요."

"이젠 네가 가야 할 길을 너 스스로 찾아야만 한다. 그 전에 네가 누구인지를 알아야 하고, 네가 커서 어떤 고래가 되고 싶은지를 알아야 하지. 그건 누가 가르쳐 줄 수가 있는 게 아니란다."

"엄마가 가르쳐주세요."

"엄마는 언제까지 네 옆에 있을 수가 없단다."

"엄마 왜 그러세요. 마치 저를 떼어놓고 멀리 가시기라도 할 분 같아요."

"엄마는 멀리 떠나보려고 한단다. 독도 고래들이 한 번도 가보지 않은 먼 곳으로 말이야."

"저는 어떡하구요?"

외뿔이는 예상치 못한 충격으로 마치 울 듯한 표정이 되고 말았습니다.

"네 안에 마음이란 게 있단다. 네 마음 안을 들여다보면 거기에는 네가 가야 할 길을 알려주는 영혼의 지도가 있단다."

"엄마, 안 돼요. 저를 버리고 떠나서는 안 돼요."

"모든 고래는 제각각 가야 할 길이 있단다. 고래들은 그 길을 찾고 그 길을 가야만 한단다. 너도 이만큼 자랐으니 그걸 배워야 한단다."

엄마는 지느러미로 외뿔이의 옆구리를 다정하게 쓰다듬어 주었습니다. 어쨌든 엄마는 외뿔이와의 이별을 예감했던 게 틀림없습니다. 외뿔이는 가만히 눈을 감고 엄마가 옆구리를 다정하게 쓰다듬던 순간을 아련하게 떠올렸습니다.

"무엇보다도 네 마음의 빛이 꺼지지 않도록 해라. 그 빛이 꺼지고 나면 마음 안에 있는 영혼의 지도도 사라진단다."

외뿔이는 엄마가 자신의 곁을 떠난다는 게 믿어지지 않았습니다. 울고 싶었지만 이상하게 눈물은 나오지 않았습니다.

"이제 너는 누구의 도움을 받지 않아도 될 만큼 자랐다. 엄마 품을 떠나 저 바다로 나가라!"

외뿔이의 엄마는 넓고 큰 저 먼 바다 너머로 떠나기 전에 갑작스럽게 죽었습니다. 그게 어떤 방식이든 외뿔이는 엄마를 잃었습니다다. 외뿔이의 심장은 펄떡였고, 허파는 식초라도 부은 듯 따가웠습니다. 외뿔이의 눈에서는 눈물이 쉼없이 흘렀지요.

늙은 범고래

외뿔이는 세상 천지에 저를 돌봐줄 아무도 없는 고아가 되었습니다. 외뿔이를 돌봐준 것은 동해의 늙은 범고래입니다. 늙은 범고래는 자애로와서 모든 어린 고래들의 할머니 노릇을 했습니다.

"슬프니?"

외뿔이는 고개를 끄덕였습니다.

늙은 범고래는 울고 있는 외뿔이의 뿔과 가슴을 지느러미로 부드럽게 쓰다듬었습니다.

"엄마는 저를 사랑하지 않았을까요? 그랬으니 저를 떼놓고 떠났겠지요?"

"네 엄마는 누구보다도 너를 사랑했단다. 누구보다도 그 사실을 네가 잘 알고 있지. 살아 있는 것들에게 죽음은 피할 수 없는 거란다. 단지 그게 언제 닥치느냐의 차이가 있을 따름이지. 땅에서나 바다에서나 떠나고 되돌아오는 일이나 죽고 사는 것은 늘 있는 일이란다. 너도 언젠가는 이 물을 떠나야 한단다. 활짝 피어난 꽃은 반드시 져야만 하는 것과 같은 이치지. 그래야만 열매를 맺을 수 있으니까. 열매는 땅에 떨어져 썩어야만 그 씨앗이 새로운 싹을 틔울 수 있지. 세상의 생명들은 그렇게 돌고 돈단다. 그걸 운명의 순환이라고 하지. 너는 그 운명을 거스르지 말고 받아들여야 해."

"운명이라고요?"

"그래. 하늘은 오래되고 땅은 옛것이지. 그 하늘과 땅만큼이나 오래된 것이 바다란다. 바다는 고래 식구들이 살아온 터전이지. 네가 고래 종족의 일원으로 태어난 것은 바다가 곧 네 운명이 되었다는 걸 뜻한단다."

늙은 범고래의 목소리는 그 어느 때보다도 자애로웠습니다. 그 자애로운 목소리도 외뿔이의 격한 슬픔을 달래지는 못했지요.

"정어리에게는 정어리의 길이 있고, 고래에게는 고래의 길이 있단다. 물론 너는 고래의 길을 가야겠지. 너는 고래니까 조류의 흐

름을 배워야 하고, 그 조류를 타고 물속에서 유영하는 법을 배워야 해. 그리고 네 생존을 위해서 작은 물고기들을 사냥하는 법을 스스로 익혀야 한단다. 알겠지?"

길이라니! 물속에 무슨 길이 있단 말인가요? 바다는 그저 무한하고 평평할 뿐 아닌가요! 외뿔이는 눈을 감았습니다. 바다 속의 길들을 상상했습니다. 땅이 그 속에 광맥鑛脈들을 숨기고 있듯 물속에 숨어 있는 무수한 고래의 길들을!

"저 바다 너머의 땅에는 길들이 있고 바다 속에도 바다의 길이 있단다. 네가 훌륭한 고래가 되려면 가야 할 길과 가지 않아야 할 길에 대한 분별이 있어야 하지. 가야 할 길은 가야만 하는 길이고, 가지 말아야 할 길은 죽어서도 가서는 안 되는 길인 거야."

"저는 어떤 고래가 될까요?"

"네 앞에는 하나의 삶이 아니라 너무 많은 삶이 있단다. 너는 많은 실수와 실패를 겪을 것이고, 앞으로 좋은 고래들과 나쁜 고래들을 만나게 될 것이다. 그러면서 너는 단 하나의 삶을 살게 될 거야. 아마도 너는 다른 고래들이 존경하는 멋진 고래가 될 거다."

외뿔이는 눈을 감고 미래의 날들을 상상했습니다. 그 순간 바다에서는 저 열대의 화려한 꽃들이 뿜어내는 방향芳香이 가득 찬 듯 느껴졌습니다. 외뿔이는 늙은 범고래의 가슴 아래 지느러미에 가만히 등을 부볐습니다.

"진짜 네가 가야 할 길은 숨어 있단다. 그건 영혼의 지도 속에만 나타나지. 그 길을 찾도록 해라. 그 길만이 너를 더 특별하고 위대한 존재가 되게 이끌 것이다."

늙은 범고래도 엄마와 같이 그 영혼의 지도에 대해 말했습니다. 외뿔이는 엄마가 말했던 영혼의 지도를 떠올렸습니다. 아주 따뜻하고 슬프고 아름다운 봄날이었습니다. 외뿔이에겐 이별이 있었고, 그건 그가 넘어서야 할 슬픔의 벼랑이었습니다. 외뿔이의 앞날에는 새로운 날들이 펼쳐져 있었습니다.

하얀 갈매기

엄마가 갑자기 죽고 난 뒤 외뿔이의 가슴엔 구멍 하나가 뚫린 듯 했습니다. 외뿔이는 독도에서 가장 먼 곳에 있는 바위섬에 가서 엄마가 상어떼에게 습격을 당했다는 동쪽 바다를 하염없이 바라보는 습관이 생겼습니다. 물론 엄마의 모습은 바다 어디에서도 찾아볼 수가 없었습니다. 거기엔 망망대해가 있고, 바람이 없는 날엔 잔물결이 일고, 바람이 센 날엔 큰 너울이 일렁거렸습니다.

외뿔이는 해가 저물 때까지 바위섬에 머물다가 집으로 돌아갔습니다. 그 다음날도 외뿔이는 바위섬으로 나왔습니다. 그날은 다른 날과 달리 바위 꼭대기에 하얀 갈매기 한 마리가 앉아 있었습니다.

"꼬마야, 왜 이렇게 풀이 죽어 있니?"

하얀 갈매기가 외뿔이에게 말을 걸었습니다. 그때까지 외뿔이가 다른 생물과 얘기를 나눈 적은 한 번도 없었습니다. 외뿔이는 제게 말을 걸어온 하얀 갈매기가 신기해서 그 갈매기를 올려다봤습니다.

"뭘 그렇게 뚫어지게 쳐다보니, 꼬마야, 내가 민망하구나."

"엄마가 죽었어."

"왜? 네가 말썽을 부렸니?"

"아냐! 이 바보야! 내가 말썽이나 부릴 망나니처럼 보이니? 난 아무 말썽도 부리지 않았단 말이야."

"그랬다면 사고였겠구나!"

"맞아, 사고였어! 엄마는 분명히 나를 사랑한다고 했어."

"사랑한다고 하고는 먼저 죽어 버려?"

"상어떼의 공격을 받았어."

"흐음. 네 엄마는 이곳이 아니라 저곳으로 간 거야. 삶이란 환영幻影인 거야. 그러니까 환영의 바다가 아니라 진짜 바다로 간 거야. 이제 넌 어쩔 셈이냐?"

"내가 갈 길은 내 스스로의 힘으로 찾아야겠지."

"흠, 그건 분명 네 엄마가 네게 이른 말이겠지. 어쨌든 너는 고아가 되고 말았구나!"

"버림받은 것은 아니야."

외뿔이는 풀이 죽은 소리로 중얼거렸습니다.

"가끔 네 말동무는 되어 줄 수가 있어. 네가 외롭고 답답할 때는 이 바위섬으로 나와도 좋아."

해가 저문 뒤 하얀 갈매기는 날아갔고, 외뿔이도 집으로 돌아왔습니다.

며칠이 지났습니다. 바람이 불고 비가 내렸습니다. 외뿔이는 마음에 커다란 구멍이 뚫린 듯해서 하얀 갈매기를 찾아 바위섬으로 갔습니다. 하얀 갈매기는 물고기로 배를 채운 뒤 바위 아래서 비를 피하며 느긋하게 쉬고 있었습니다.

"꼬마야, 너 왔구나."

하얀 갈매기가 외뿔이에게 반갑게 아는 척을 했습니다.

"꼬마라니! 너보다 몸집이 서른 배는 더 크겠다."

"갈매기들은 원래 작게 태어나잖아. 갈매기를 고래하고 견주면 안 돼. 나는 너보다 훨씬 이 세상에 온 지 오래 됐어."

"얼마나 됐는데?"

"한 백 년 쯤?"

"백 년 쯤이 얼마나 긴 시간이야?"

"너는 상상할 수도 없는 긴 시간이야."

"그럼 백 년 동안이나 어디에서 무얼 했어?"

"먹고 살려고 부지런히 날아다녔지."

"고작 먹고 살려고 날아다닌 게 전부야?"

"먹고 사는 게 얼마나 중요한데."

"그게 왜 중요해?"

"먹고 살았으니 너도 만났잖니?"

"우리가 만난 게 중요해?"

"중요하지. 우리가 서로 만났으니까, 너는 나를 통해서 너를 보고, 나는 너를 통해서 나를 보게 되었잖아."

"무슨 말인지 모르겠어."

"네가 어리다는 증거야!"

"어린 게 내 잘못이야?"

"어리다는 건 잘못은 아니야. 네 잘못은 어리석다는 거지. 네 마음에 빛도 없고, 그러니 너는 보이는 것 너머에 있는 걸 제대로 볼 줄도 모르고……"

"그만 해. 내 마음이 시끄럽거든."

외뿔이는 지난봄에 배의 스크류와 충돌해서 죽은 꼬마 고래의 모습을 떠올렸습니다. 그때 충격을 먹었는데 바로 그 직후 예기치 않은 상어떼의 공격으로 엄마를 잃은 뒤 또 한번 큰 충격을 받았습니다.

하얀 갈매기는 혼란과 상실감에 빠진 외뿔이를 물끄러미 내려다봤습니다.

"그렇게 상심할 필요는 없어. 누구나 죽으니까 말이야."

"갈매기야, 오늘은 네 말들이 위로가 되지 않는구나."

"알았어. 누구나 때때로 혼자 있는 시간이 필요해."

하얀 갈매기는 날개를 펼쳐 공중으로 훌쩍 날아올랐습니다. 그리고 바람을 타고 유유하게 서쪽 하늘로 날아갔습니다.

며칠째 외뿔이는 바위섬에 갔지만 하얀 갈매기는 날아오지 않았습니다. 바위섬에 하얀 갈매기가 없으니 심심했습니다. 하얀 갈매기가 자꾸 말을 걸어 귀찮았는데, 막상 없으니 심심했습니다. 며칠 뒤에 외뿔이가 혼자 바위 옆에서 햇볕을 쬐고 있을 때 하얀 갈매기가 나타났습니다.

"꼬마야, 안녕!"

“갈매기야, 안녕!”

“내가 안 보여서 슬펐구나!”

“슬픈 건 아니었어. 하지만 궁금하기는 했어.”

“하아, 그랬구나.”

“어딜 갔다 왔니?”

“먼 남쪽으로 여행을 갔다가 돌아왔어.”

“남쪽에는 뭐가 있는데?”

“큰 항구가 있지. 사람들이 북적거리는 시장도 있지.”

“항구는 뭐 하는 데야?”

“그건 배들이 쉬는 곳이야. 시장에서 죽은 고래를 보았어. 커다란 고래였어.”

“사람들이 죽인 거야?”

“아마도.”

“왜 사람들은 고래를 죽이지?”

“고래에서 얻을 게 많아서겠지. 옛날에는 고래를 잡는 포경선들이 있었어. 고래잡이 어부들이 포경선에서 작살을 날려서 고래의 심장을 꿰뚫어버리곤 했지. 어떤 고래들은 몸통에 여섯 개 일곱 개 작살이 박혀 피를 흘리면서도 필사적으로 도망갔지. 그때 고래들은 많이 죽었어. 지금은 고래 수가 많이 줄어서 고래잡는 걸 법으로 금지했어."

외뿔이는 시장 한 복판에 널브러진 커다란 고래의 모습을 상상했습니다. 그리고 날카로운 작살이 제 몸에 박히는 걸 상상하면서 아, 얼마나 아플까, 생각하며 몸을 부르르 떨었습니다.

공중 도약,
바람을 느껴 봐

외뿔이의 등 한쪽에는 찢긴 흔적이 있습니다. 등지느러미 쪽의 상처는 정체를 알 수 없는 떠돌이 사나운 들고양이고래에게 기습을 당해 생긴 거였습니다. 들고양이고래는 덩치는 크지 않았지만 성질이 급하고 난폭합니다. 왠지 모르지만 무언가에 잔뜩 성이 난 것만 같은 고래들이지요. 들고양이고래들은 몸통이 튼튼하고 어두운 색입니다. 어깨 쪽에 어두운 빛깔의 망토가 있고, 옆면은 옅은 회색, 배쪽은 흰색이지요. 머리는 둥글고 부리가 없습니다. 들고양이고래들은 짧은지느러미들쇠고래와 긴지느러미들쇠고래 무리들과 마찬가지로 독도에서 멀리 떨어진 동쪽 바다에 산다고 합니다. 그들은 가끔씩 멸치와 오징어 떼가 많이 사는 독도 인근 바다에 나타났습니다. 그럴 때마다 독도 인근에서 사는 상괭이들, 꼬마향고래, 쇠향고래들, 그리고 범고래들은 긴장을 하곤 했지요. 침략자들은 어린 고래들을 물어 죽이거나 어장을 쑥대밭으로 만들어놓았으니까요.

엄마가 죽은 뒤 외로웠던 외뿔이에게 바위섬에서 만나는 하얀 갈매기는 마음을 나누는 친구가 되었습니다. 하얀 갈매기는 여기저기를 여행 다니며 보고 들은 것들을 외뿔이에게 들려주었습니다. 어느날 하얀 갈매기는 이렇게 말했습니다.

"깊은 강은 소리없이 흐른단다."

"……"

"높은 산들은 봉우리들이 높이 솟아서 고요하단다."

"……"

"마음으로 높은 산들과 봉우리들을 그려봐. 봄날에는 겨울잠을 자고 깨어난 곰들이 나무 아래서 햇볕을 쬐고, 하늘에는 뭉개구름이 떠가지."

"……"

"몇백 년 동안이나 땅에 뿌리를 박고 공중에 산소를 뿜어내던 나무들이 울울창창한 숲에는 수만 마리의 새들이 날아와 노래를 한단다. 네가 눈을 감고 귀를 기울인다면 그 노랫소리를 들을 수 있을 거야."

"……"

"바람들은 풀과 나무들이 만든 씨앗들을 여기저기로 날리겠지. 그래서 더 많은 풀과 나무들이 여기저기에서 싹을 틔우고 꽃을 피우고 열매를 맺게 되지."

"……."

"늙고 병들어 죽게 된 짐승들은 신비한 약초들이 자라는 숲에 가서 약초를 캐 먹으면 다시 젊음과 원기를 회복하지."

"도대체 그런 곳이 있을까?"

외뿔이는 하얀 갈매기의 말을 이해할 수가 없었습니다. 그러나 자신이 살아야 할 시간들 속에는 엄마와 헤어진 슬픔보다 더 큰 무엇이 있다는 게 어렴풋이 느껴졌습니다.

외뿔이는 지금보다 더 어렸을 때 엄마의 이마에 올라탄 채 바다 속을 달리던 때를 떠올렸습니다. 물살이 몸통 주변을 간질이며 지나갔습니다. 외뿔이는 엄마의 이마를 붙잡고 있었습니다. 그러다가 엄마가 수면 위로 떠올랐을 때 자신도 모르게 엄마 이마에서 수면 위로 솟아 올랐습니다. 하늘은 파랗고 하늘에는 갈매기 떼가 천천히 날고 있었습니다. 바다에는 잔잔한 파도가 햇빛을 받아 반짝이며 일렁이고 있었습니다.

"뭘 생각해?"

하얀 갈매기가 물었습니다.

"처음 엄마 이마를 타고 바다 속을 달렸던 거를 생각했어."

"좋았겠구나!"

"그럼, 그때 처음으로 바다 위로 올라가 바다를 내려다보았지."

"공중에 부는 바람도 느껴 보았겠구나!"

"바람이란 건 정말 부드럽더라!"

"바람은 이곳에서 저곳으로, 혹은 저곳에서 이곳으로 분단다."

"왜지? 왜 바람은 움직이는 거야?"

"그건 바람이니까."

하얀 갈매기는 자신이 없는 목소리로 말했고, 외뿔이는 그래도 이해가 되지 않았습니다.

"바다 속에는 바람이 없어!"

외뿔이가 말했습니다.

"그 대신에 바다 속에는 해류가 있지!"

하얀 갈매기가 말했습니다.

"바람과 해류는 같은 거야?"

외뿔이가 물었습니다.

"그렇다고 할 수 있지."

하얀 갈매기가 대답했습니다.

"바람이 불면 땅의 나무들이 춤을 추지."

"왜지?" 다시 외뿔이가 물었습니다.

"바람이 불면 나무들의 영혼이 즐거워지기 때문이지."

하얀 갈매기가 말했습니다.

외뿔이는 아직 나무들이 춤추는 걸 한 번도 본 적이 없었기 때문에 나무들이 춤춘다는 게 어떤 건지 상상할 수가 없었습니다.

하얀 갈매기와 바람에 관한 얘기를 나눈 뒤에 외뿔이의 머릿속에는 온통 바람뿐이었습니다. 바람은 왜 부는 것일까요. 바람이 불면 나무들은 왜 춤을 추는 것일까요. 하얀 갈매기가 설명했지만 외뿔이는 여전히 알 수가 없었습니다. 공중에는 바람이 불었고, 바다에는 물결이 일었습니다. 외뿔이는 자주 바위섬에 나가 먼 바다를 바라보거나 하얀 갈매기와 얘기를 나눴습니다. 하얀 갈매기는 여행을 많이 해서 아는 것도 많았습니다.

"이리 와, 안아줄게."

외뿔이가 쓸쓸한 모습을 보이면 하얀 갈매기가 자주 하던 얘기입니다.

"네가 나를 안는다고?"

"네 몸이 아니라 마음을 안아준다는 뜻이야."

"마음은 보이지도 않고 만질 수도 없는데, 그걸 어떤 수로 안아?"

"내가 안아주면 네 기분이 좋아질 거야."

"마음은 가슴에 있는 걸까?"

"네 가슴에도 마음이 있겠지만, 천지사방에도 네 마음이 있어."

"내가 여기 있는데, 내 마음이 내 안에 있지 않고 천지사방에 있다는 걸 믿을 수가 없어."

"흠, 사실인 걸."

"마음이 천지사방에 있으려면, 마음이 한 천 개쯤은 있어야겠네!"

"마음은 살면서 자꾸 늘어나니까 천 개도 넘을 걸? 네 마음 중의 하나는 벌써 내 마음 속에 들어와 있단다."

"그래?"

"그럼. 네 마음이 내 마음 속에 들어 있어. 물론 그건 나만 알고 느낄 수 있는 거야."

하얀 갈매기가 말했습니다. 그리고 날개를 펼치며 훌쩍 공중으로 날아갔습니다.

외뿔이의 엄마가 죽은 지 일 년이 흘렀습니다. 그즈음 외뿔이는 허전한 마음을 달래기 위해 혼자 공중으로 솟아오르는 고래뛰기라는 것을 시작했습니다. 그건 고래가 공중으로 솟아올랐다가 다시 물을 튕기며 물속으로 떨어지는 놀이지요. 대개의 고래들은 물 위로 도약할 줄 압니다. 어느 날 외뿔이는 우연히 저 먼 바다에서 흘러온 덩치가 큰 한 마리 흑등고래가 도약하는 것을 보았습니다. 마침 해가 질 무렵이었지요. 흑등고래는 순식간에 공중으로 높이 떠올랐고, 그 커다란 몸뚱이를 공중에서 회전하며 물속으로 떨어졌습니다. 그 도약은 숨이 막힐 정도로 멋졌어요. 그 흑등고래는 몇 번이나 물 위로 도약을 했는데, 그때마다 자세를 바꿨습니다. 공중에서 몸체를 가로로 눕혀 회전하기도 하고, 수직으로 솟구쳐 올라 큰몸을 나선형으로 뒤틀기도 했어요. 흑등고래가 물속으로 잠수할 때 수면에는 큰 파문이 일었지요. 고래 무리들 중에서 그렇게 높이 도약하고, 그렇게 아름답게 회전하는 고래는 없었습니다.

어느날 외뿔이는 다른 고래보다 더 높이 도약하고 더 아름답게 공중회전을 하고 싶다는 얘기를 하얀 갈매기에게 했습니다.

"왜지? 왜 그게 그렇게 하고 싶은 거야?"

하얀 갈매기가 외뿔이에게 물었습니다.

"거기에 꼭 이유가 있어야 하는 거야?"

"그럼 모든 행위에는 목적이 있고 이유가 있지. 비행기는 공중에 날기 위해서 있고, 배는 바다 위를 달리기 위해서 있는 거야. 새는 날고, 캥거루는 달리지."

하얀 갈매기가 말했습니다.

"나는 그냥 좋은데?"

외뿔이가 말했습니다.

"그런 걸 꿈이라고 하는 거야."

하얀 갈매기가 말했습니다.

"꿈이라고? 그건 눈에 보이지도 않고 만질 수도 없는 거잖아. 중요한 것은 보고 만지고 먹을 수 있는 것들의 세계야. 왜 우리가 그런 비현실적인 것을 추구해야 하지?"

외뿔이가 말했습니다.

"네가 말했잖아. 공중으로 도약하는 게 그냥 좋다고! 꿈은 안 보이는 거지만, 저 너머를 보게 해주지."

하얀 갈매기가 말했습니다.

"안 보이는 게 무슨 소용이람."

외뿔이는 투덜거렸습니다.

"정말 중요한 것들은 대부분 안 보이는 것들이야. 마음, 사랑 같은 것은 눈에 보이지 않아. 그래도 우리는 그게 아주 중요한 것임을 알잖아?"

하얀 갈매기가 말했습니다. 하얀 갈매기에게서 빛이 흘러나오고, 말은 그 빛과 함께 나왔습니다.

"꼬마야. 너는 이제 네 마음 속 영혼의 지도가 가리키는 대로 네가 가려는 꿈의 길을 찾는 중이야."

하얀 갈매기가 그렇게 말하고는 웃었습니다.

어쨌든 흑등고래의 도약과 공중회전의 아름다움을 목격한 뒤로 외뿔이는 도약하는 일에 더 깊이 빠져들었습니다. 엄마 생각이 떠오를 때마다 외뿔이는 꼬리 지느러미로 물을 쳐서 솟구치는 훈련을 하곤 했습니다. 하얀 갈매기는 외뿔이의 공중 도약을 지켜봐 주곤 했습니다. 외뿔이는 다른 고래들이 새우떼를 쫓아다닐 때 혼자서 물 위로 몸을 솟구쳐 오르는 연습에 열중했습니다. 외뿔이는 숨을 멈추고 꼬리로 물을 세게 치며 한껏 솟아올랐습니다. 그러나 아직 도약 기술을 채 익히지 못한 탓에 물위에 곤두박질치기 일쑤였지요. 그럴 땐 하얀 갈매기가 웃었습니다. 그 웃음은 실수를 비웃는 그런 웃음은 아니었습니다.

외뿔이는 멈추지 않았습니다. 하루, 이틀, 사흘, 나흘…… 한 달, 두 달, 세 달……이 흘렀습니다. 어느 날 아침 외뿔이는 마침내 물 위로 몸통이 훌쩍 솟구쳐 올랐습니다. 그게 처음이었지요. 하얀 갈매기도 놀랐습니다. 외뿔이는 몸통이 해면 위로 솟구쳐 올라갈 때 어지러움을 느꼈지요. 외뿔이는 겁도 났습니다. 그러나 바다를 벗어나 대기 중으로 떠올랐을 때 외뿔이는 머리 위에서 떼 지어 나는 괭이갈매기들을 보았고, 저 멀리 어선 두어 척이 먼 바다로 나가는 모습도 보았습니다. 더 멀리 푸르스름하게 솟아 있는 땅도 보았습니다. 아마 그곳이 하얀 갈매기가 말한 사람들이 산다는 곳이겠지요. 가슴이 뛰었습니다. 외뿔이가 아는 세계와는 또 다른 세계가 펼쳐 있겠지요. 아울러 처음으로 뭔가 의미있는 일을 해냈다는 기쁨이 외뿔이의 작은 몸통을 휘감아왔습니다.

외뿔이는 다른 고래보다는 점점 더 높이 도약을 했습니다. 외뿔이는 거기에 만족할 수 없었습니다. 외뿔이는 사자처럼 도약하고 독수리처럼 공중에 오래 떠 있고 싶었습니다. 다시 도약을 시도했을 때 외뿔이의 몸통은 또다시 바다로 처박혔습니다. 외뿔이의 머

릿속에는 어떻게 하면 더 높이 날아올라 빛의 복도와 계단을 거닐 듯 그렇게 공중에 떠 있을 수 있을까하는 생각뿐이었습니다. 늙은 범고래는 그런 외뿔이에 대해 늘 염려했지요.

"몸을 다치지 않도록 조심해라."

늙은 범고래는 외뿔이에게 그렇게 이르곤 했지요.

"네 지느러미들, 네 등, 네 심장, 네 허파, 네 위장, 그 모든 것들을 소중하게 다루어야 한다. 네 몸은 세상에 단 하나밖에 없는 성전이란다."

"공중으로 도약할 수만 있다면 몸 같은 건 다 부서져도 괜찮아요."

"몸은 솟아오르는 책이고, 분별의 경전이며, 공중의 칠현금이란다."

어느 순간부터 외뿔이의 도약은 더는 높아지지 않았습니다. 꼬리로 물을 치며 허리 반동의 힘으로 도약하는데, 몸통은 솟구치지 않았습니다. 꼬리로 물을 치는 힘도, 허리 반동의 힘도 높이 도약하는데 부족했기 때문입니다. 그게 외뿔이의 한계였지요. 외뿔이의 머릿속에는 어떻게 그 한계를 넘어서 나아갈 것인가 하는 생각만 가득했습니다.

"우리가 왜 꿈을 가져야 하지?"

다른 친구들이 다 외뿔이를 따돌렸을 때 유일하게 외뿔이의 친구가 되어 주었던 번개라는 이름을 가진 고래가 물었지요.

"꿈이니까. 꿈은 우리를 살게 하는 원동력이잖아."

외뿔이는 의혹이 가득한 얼굴로 자기를 쳐다보는 번개를 바라보며 대답했습니다. 그래도 번개는 답답하다는 표정을 풀지 않았습니다.

구루 묘와 요

독도 서쪽에 작은 바위섬이 하나 있습니다. 어느 날 외뿔이가 그 바위섬에 놀러 갔다가 처음 보는 수염고래와 마주쳤습니다. 넓고 평평한 머리에 뾰족한 주둥이, 몸통의 뒤쪽에 있는 등지느러미, 길고 날씬한 몸통, 그것은 틀림없는 수염고래였습니다. 수염고래과의 고래들은 보통은 대형 고래입니다. 다 자라면 몸 길이가 이십 오미터나 될 정도로 대형 고래지요. 그 수염고래는 몸집이 그리 크지는 않았습니다. 물론 상괭이와는 견줄 수 없을 만큼 거대한 몸통을 갖긴 했지만요. 수염고래는 외뿔이를 보자 말없이 바라보기만 했습니다. 처음 만난 고래들은 보통은 "넌 어디에 사는 고래니?"라고 묻는데, 그 수염고래는 말이 없었습니다.

"아가야, 나를 보거라!"

외뿔이는 큰 고래의 눈을 보았습니다. 그 눈에서 밝은 빛이 쏟아져 나왔습니다. 외뿔이가 신기해서 그 빛에서 눈을 떼지 못하자, 그 수염고래는 웃었습니다.

"아가야, 내가 무섭지는 않니?"

외뿔이는 무섭지는 않았습니다. 오히려 어딘가 모르게 친근한 느낌이 들었습니다.

"나는 네가 어디에서 왔는지, 네가 누구인지를 안단다."

"저를 처음 보시잖아요?"

"그래, 너를 처음 본단다."

"그런데 어떻게 제가 어디에 사는지, 누군지를 안다고 하세요?"

"나는 '묘'라고 하는 고래란다. 그리고 저쪽 어딘가에 '요'라는 고래도 있단다. 다른 고래들이 '묘'라고 하고, '요'라고 하면서 우리를 '구루'라고 한단다."

"구루요?"

"그렇지. 나는 요와 함께 동굴 벽에서 우리 안에 있는 빛을 크게 만드는 수련을 하고 있단다."

외뿔이는 묘라는 수염고래의 말들을 도무지 알아들을 수가 없었습니다.

"자, 오늘은 내가 바빠서 더 얘기를 나눌 수가 없단다. 네가 또 다시 오면 더 많은 얘기를 해주마!" 묘라는 수염고래는 외뿔이를 놓아둔 채 사라졌습니다. 외뿔이는 묘라는 수염고래가 이상하다고 생각했습니다. 처음 만난 자신을 어떻게 안다고 말할 수 있지? 참, 이상한 수염고래야.

이튿날 아침 외뿔이는 다시 묘라는 수염고래를 만났던 독도 서쪽에 있는 바위섬으로 갔습니다. 하지만 묘라는 수염고래의 모습을 볼 수는 없었습니다. 외뿔이는 그 뒤로도 여러 차례 독도 서쪽 바다로 갔지만 웬일인지 묘라는 수염고래는 나타나지 않았습니다. 한달 쯤 지났을 무렵 외뿔이는 묘라는 수염고래와 마주쳤습니다. 이번에는 혼자가 아니었습니다. 묘라는 고래 옆에 또 다른 수염고래가 있었습니다. 외뿔이는 그 고래가 아마도 요라는 수염고래일 거라고 짐작했습니다.

"아, 또 만났구나!"

묘라는 수염고래가 외뿔이를 보고 웃었습니다.

"아침은 먹었느냐?"

"네."

"기분은 좋은가?"

"네."

"네가 왜 다시 이 바위섬에 왔는지 나는 안단다."

"그쯤은 나도 알겠어요."

"그렇구나! 나는 네 마음을 환히 들여다 볼 수 있단다."

"보이지도 않는 마음을 어떻게 보지요?"

"넌 의심이 많은 고래로구나."

"어서 제가 누구인지나 말해 봐요. 저를 안다고 했으니!"

"그 녀석, 뭐가 그리 급해."

"저를 안다고 했던 것은 거짓말이지요?"

외뿔이가 골난 듯한 표정을 하고 말했습니다. 그러자 옆에 있던 요라는 수염고래가 웃었습니다.

"네가 여기엔 온 것은 우리가 너를 마음으로 불렀기 때문이란다. 네 마음이 자꾸 여기로 오고 싶어졌고, 그래서 다시 오게 된 거야."

요라는 수염고래가 외뿔이를 바라보며 고요한 목소리로 말했습니다. 요라는 수염고래의 목소리는 고요하면서도 맑은 울림을 갖고 있었습니다.

"믿을 수가 없니? 우리가 마음으로 너를 이곳으로 불렀다는 사실을?"

"무슨 말인지 알 수가 없어요. 자꾸 머리만 복잡해져요."

"네가 사랑을 주면 그 사랑을 받은 다른 고래도 네게 사랑을 주겠지?"

"그렇죠. 그건 당연한 거 아닌가요?"

"네가 사랑을 주지 않아도 어떤 고래가 너를 사랑할 수 있단다."

"아무도 자기를 사랑하지 않는 고래를 사랑할 수는 없어요."

"너는 혼자가 아냐. 우주의 모든 생명들은 우주에 존재하는 신성한 영혼의 공동체와 하나로 연결되어 있단다. 그걸 안다면 어찌 너를 사랑하지 않을 수 있겠니?"

"……."

"네가 이해할 수 없다고 해서 없는 게 아니란다. 이해할 수 없어도 해와 달은 뜨고 별들은 떠오른단다. 눈에 보이지 않는다고 없는 게 아니란다. 보이지 않아도 어딘가에 있는 거야. 이게 우주의 신비란다."

"……."

"묘와 나는 오래 전에 너와 정말 닮은 일각수 고래를 만난 적이 있단다. 그 분은 우리보다 훨씬 더 큰 구루였지. 묘와 나는 그 큰 구루에게 사랑을 받았단다. 그런데 그 분은 고래 사회에서 따돌림을 당해 바다 속의 바다를 찾아 떠나셨단다."

외뿔이는 언젠가 엄마에게 들은 얘기들을 떠올렸습니다. 묘와 요라는 수염고래가 말하는 일각수 고래의 얘기는 아빠에 관한 얘기가 아닐까요?

"맞아! 바로 네가 찾는 아빠가 바로 그 분이지. 우리는 그 분에게 많은 사랑을 받고, 놀라운 가르침도 받았단다. 그 분은 우리 안에 빛이 있다는 걸 깨닫게 해주신 구루이셨지. 그 분의 말과 행동들은 빛이고 진리고 길이었지. 그 분의 사랑이 이제 네게 미쳤고, 그 사랑 때문에 너는 우리에게 오는 길을 찾을 수 있었던 거야."

"정말이요?"

"새들은 길없는 허공 속에서 제 길을 찾고, 고래들은 길없는 바다 속에서 제 길을 찾는단다. 너도 네가 가야 할 길을 스스로 찾아야 한단다. 네가 간절한 마음으로 네 길을 찾고자 한다면 우주 전체가 나서서 그 길을 밝혀 줄게다."

"정말 제 아빠를 만난 적이 있어요?"

"사실이란다. 그 분을 만났기 때문에 언젠가 너를 만날 거라는 사실을 의심치 않았지. 그걸 꿈이라고 불러도 될 거야. 꿈이라는 건

간절하게 바라는 마음에 맺히는 이슬 같은 거야. 그건 쉽게 사라질 수도 있고, 싹을 틔울 수도 있단다."

묘와 요라는 수염고래는 말없이 외뿔이를 바라보며 미소지었습니다. 그 미소가 얼마나 따뜻했던지 외뿔이는 그들에게서 엄청난 빛이 쏟아져나오는 듯 느꼈습니다.

"단지 보이지 않는다고 해서 없는 게 아냐. 보이지 않는 걸 보고 믿어야 한단다."

묘라는 수염고래가 말했습니다.

"너는 날마다 순간마다 네가 어떻게 살아야 할지 결정을 해야 한단다. 네가 한 선택들이 모여서 네 삶을 이룬단다. 그러니까 선택이라는 건 아주 중요한 거지. 걱정하지 마라. 네가 선택해야 할 순간마다 네 아빠의 가슴에서 나오는 큰 빛이 네가 올바른 결정을 할 수 있도록 이끌어 줄 거야."

요라는 수염고래가 말했습니다.

정말일까요? 외뿔이는 묘와 요라는 수염고래가 하는 말들을 믿을 수가 없었습니다. 기억도 나지 않는 아빠가 자신의 결정들을 도와준다고? 어떻게 그런 일이 가능할까요?

여름이 지나고 나면 독도의 바다에도 가을이 옵니다. 외뿔이는 날마다 독도 서쪽의 바위섬에 나가 묘와 요라는 수염고래가 들려주는 많은 얘기들을 들었습니다. 묘와 요는 외뿔이에게

"네 안의 빛을 키워야 한단다. 그래야 네 꿈도 이루어질 수 있단다."라고 말하곤 했습니다. 그들은 외뿔이의 안에서 빛이 자라도록 돕는 구루들이었습니다.

"머릿속을 스쳐가는 생각들은 하나하나가 다 꿈의 씨앗들이란다."

묘가 말했습니다.

"너는 그 씨앗들에 싹이 돋아나도록 힘을 보태주어야 한다."

요가 말했습니다.

가끔 묘와 요는 외뿔이에게 공중 도약하기를 시켰고, 외뿔이가 공중으로 솟구쳐 올라 멋지게 몸통을 한바퀴 회전한 뒤 물로 사뿐하게 내려앉을 때 박수를 치고 즐거워하곤 했습니다.

"왜 그동안 통 볼 수가 없었지?"

오랜만에 만난 하얀 갈매기가 화가 잔뜩 난 얼굴로 외뿔이에게 물었습니다.

"그동안 좀 바빴어."

외뿔이는 하얀 갈매기에게 묘와 요라는 수염고래들에 대한 이야

기를 들려주었습니다.

"그동안 내 생각을 한 번도 하지 않았구나?"

"미안해!"

"나는 날마다 여기 나와 앉아서 너를 생각했는데!"

"그랬구나! 정말 미안해."

"그럼, 오랜만에 네 도약을 보여줘."

외뿔이는 수면 아래로 내려갔다가 힘차게 물 위로 솟아오르며 꼬리로 물을 내리쳤습니다. 외뿔이의 몸통이 물 위로 솟았다가 다시 입수했습니다. 외뿔이의 몸통이 입수할 때 물보라가 일어났습니다. 다시 수면 아래로 내려갔던 외뿔이가 두 번째 물 위로 몸통을 밀어 올렸습니다. 이번에는 공중 도약을 하면서 몸통을 두 바퀴 회전했습니다.

"좋았어!"

하얀 갈매기가 즐거워했습니다.

하늘에는 분홍색 구름들이 떠 있었습니다.

"내 나이는 이제 백 한 살이야."

"정말 오래 살았구나!"

"이제 떠날 날이 얼마 남지 않았어."

"떠나다니? 어디로 이사를 가는 거야?"

"바보야, 그게 아냐. 떠난다는 건 죽는다는 거야."

"왜 죽어?"

"살아 있는 건 무엇이거나 죽기 마련이야."

외뿔이는 자신의 눈앞에서 배의 스크류에 말려들어가 죽음을 맞은 새끼 고래를 떠올렸습니다. 그리고 상어떼에게 습격을 받아 죽은 엄마를 떠올렸습니다.

"죽는다는 건 저 먼 곳으로 사라지는 거야."

"다시 볼 수 없는 거야?"

"그래."

"슬프겠다."

외뿔이의 눈가에 금세 눈물이 맺혔습니다.

"그렇지만 죽는 게 꼭 나쁜 일만은 아냐."

"왜? 우리가 다시 볼 수 없게 되는데."

"죽음은 새로운 세계로 나가는 입구 같은 거야."

"그래도 나는 죽음이 싫어!"

"죽음은 일종의 도약 같은 거야. 삶과 죽음은 결국은 하나인 거야. 죽음이란 삶을 딛고 도약하면서 새로운 세계로 가는 거지."

그래도 죽음은 싫어! 외뿔이는 속으로 그렇게 외쳤습니다. 죽음 때문에 엄마와 헤어졌는데, 다시 죽음 때문에 하얀 갈매기와 헤어진다는 게 정말 싫었거든요.

해가 지고, 어둠이 몰려왔습니다. 독도 바다의 물결이 조금 거칠어졌습니다. 외뿔이는 하얀 갈매기와 헤어져 돌아오면서 하얀 갈매기가 곧 죽을지도 모른다는 말에 대해 오래 생각했습니다.

전설의 외뿔 고래

동쪽 바다로 나가는 길목에 급류가 있다는 전설이 오래 전부터 고래 세계에 있었습니다. 물론 급류를 만나면 고래들은 방향감각을 잃고 소용돌이 속으로 끌려갔다가 커다란 바위와 충돌해 몸을 상하거나 죽는 일도 있었습니다. 고래 무리들에게는 동쪽 바다로 나가는 것이 하나의 금기였습니다.

아주 옛날에 한 고래가 그 급류를 넘어 동쪽 바다로 넘어갔다가 돌아왔습니다. 그는 동쪽 바다 너머에 풍부한 어장이 있다고 말했습니다. 몇몇 고래가 그 고래를 따라 동쪽 바다로 나가다가 급류를 만나 여러 고래가 몰살당했습니다. 그게 문제가 되어 고래들의 원로회의가 소집되고 그 고래는 고래 사회에서 영원히 격리되는 파문을 당했습니다. 종족의 관례를 깨고 다른 고래 무리를 죽음에 이르게 했다는 이유에서입니다. 소문에 의하면 그 고래는 동쪽 바다 너머에서 잘 살고 있다고도 하고, 혼자 바다를 떠돌다가 죽었다고도 합니다. 신기한 것은 그 고래가 일각수의 뿔을 갖고 있어서 외뿔 고래라고 불렸다는 사실이지요.

외뿔 고래는 덩치가 아주 커서 4미터에서 5미터에 이르렀다고 합니다. 그 외뿔 고래에 대해서 고래들은 대부분 "응, 그건 미친 고래야. 그는 언제나 우리가 알아들을 수 없는 말들을 한단다. 그 고래가 미쳤기 때문이란다."라거나 "이단 고래지. 절대 따라가서는 안 된단다."라고 했습니다.

딱 한 고래만이 "다른 고래들과는 조금 다르기는 하지만 나쁜 고래는 아냐. 나는 아주 어렸을 때 딱 한 차례 그 고래를 본 적이 있는데, 눈빛이 예사롭지 않았어. 마치 눈에서 파란 불꽃이 이는 것 같았단다. 그는 다른 고래처럼 먹이를 사냥하는 일에는 시들했는데, 늘 먼 곳을 꿈꾸고, 가끔 '우리는 물속을 비천하게 기어 다녀서는 안 돼, 언젠가는 잃어버린 날개를 달고 물속을 날아다녀야지', 하는 말들을 했단다."

"외뿔 고래는 지금쯤 죽었을까요?"

"살아 있겠지. 어떤 고래보다 용맹하고 날렵하니까 어떤 위기를 만나도 쉽게 죽지는 않을 거란다."

외뿔이는 외뿔 고래를 생각하면 가슴이 쿵쾅거리며 뛰었습니다. 외뿔이는 그 고래를 만나고 싶었어요. 그러나 외뿔 고래를 만나려면 동쪽 바다를 향해 가야 합니다. 어쩌면 동쪽 바다 어딘가에 있다는 급류에 휩쓸리면 목숨을 잃을지도 모릅니다.

고래 학교

겨울이 지나면 바다에도 봄이 옵니다. 바람의 방향이 바뀌고, 해류가 달라집니다. 황소에게 이 바다는 씹을 수 없는 풀로 가득 찬 초지이고, 종일 갈아도 씨 뿌릴 수 없는 대지일 테지요. 바다 위에는 하루 종일 크고 작은 배들이 떠갑니다. 배들은 바다의 딸들처럼 너른 바다 위에서 앙증맞게 아장거립니다.

배에게 이 바다는 기어가야 할 물로 가득 찬 사막이고, 배는 이 사막을 가로질러 가는 고단한 낙타이겠지요. 바다는 하나의 세계입니다. 바다 속에는 빛과 어둠이 교차하고, 날들과 달들이 바뀌며 흘러갑니다. 그리고 바다 속에도 산과 능선들, 구릉과 바위와 동굴들이 있습니다. 바다는 수천의 크고 작은 생물들이 생명을 받아 이어가며, 서로 먹고 먹히는 먹이사슬을 이룬 채 우글거리며 살아갑니다. 이 바다에는 삶과 죽음이 엄연하고, 우연과 필연이 소용돌이칩니다.

그 봄에 외뿔이는 '고래 학교'에 입학을 했습니다. 외뿔이와 같은 상괭이, 쇠돌고래, 수염고래, 들고양이고래, 꼬마향고래, 까치돌고래, 긴부리돌고래, 점박이돌고래, 대서양흑등돌고래, 북방고추돌고래, 큰돌고래, 쇠향고래, 흰부리돌고래……들이 모여들었습니다. 다들 엄마와 아빠 고래들이 함께 했지만, 외뿔이는 저 혼자 왔습니다. 외뿔이에겐 함께 올 엄마와 아빠가 없었기 때문이지요. 고래 학교 입학식이 있던 날은 비가 내렸어요. 바다 위에 비가 내리면 바다 속의 세계도 확실히 비의 영향을 받습니다. 바다 속이 해가 뜬 날에 비해 어두워지지요. 바다에 스며드는 일조량이 줄면 고래들의 기분도 그에 따라 가라앉습니다. 처음으로 고래학교에 온 어린 고래들의 마음도 차분해 보였어요.

여름이 올 무렵 고래학교에서 만난 친구들 사이에도 멀고 가까운 관계가 생겨났습니다. 어떤 고래와는 아주 가까워지고, 어떤 고래와는 무덤덤했습니다. 외뿔이의 친구들은 상괭이들이었지요. 생김새가 비슷하고, 몸통이 작은 상괭이들은 성격이 온순합니다. 외뿔이는 고래학교에서 평생의 친구들을 만났습니다.

외뿔이와 친하게 된 친구들은 '달의 아이', '번개', '이방인', '메아리', '달리는 아이', '사냥꾼', '바람한자락' 들입니다. '달의 아이'는 평범한 외양을 가진 상괭이였습니다. 그런데 늘 한가지 생각에 골몰하는 버릇이 있었습니다. 상황 판단이 느렸고, 가끔은 상황에 맞지 않는 말을 툭툭 내뱉었습니다. 그래서 달나라에서 온 아이 같다고 해서 '달의 아이'라는 별칭이 붙었지요. '번개'는 수염고래인데, 말 그대로 엄청나게 빠른 속도로 바다 속을 휘젓는 고래였습니다.

아무도 그를 따라잡을 수가 없었습니다. '이방인'은 특이한 재주를 갖고 있는 양쯔강돌고래의 혈통을 이은 고래였지요. 배 아래쪽의 지느러미들을 '얍!'하는 기합과 함께 몸통 어딘가로 사라지게 하는 재주가 있었습니다. '마법사'라는 별칭이 더 어울릴 텐데, 어쩐 일인지 친구들은 '이방인'이라는 별칭으로 불렀습니다. '메아리'는 조용한 상괭이였지요. 무리 안에 있으면서도 제 존재를 거의 드러내지 않는 성격이었지요. 그에게는 어딘가 우아한 기품 같은 게 있었습니다. '달리는 아이'는 자주 "우리 달리자!"라는 말을 한다고 해서 붙여진 별칭이지요. 실제로 그다지 속도감 있게 바다 속을 유영하는 고래는 아니었지요. 그거라면 '번개'가 전문입니다. 그런데도

'달리는 아이'는 유영 그 자체를 좋아했습니다. 슬플 때도 기쁠 때도 "우리 달리자!"라고 외치며 바다 속을 유영하곤 했지요. '사냥꾼'은 쇠돌고래였는데, 말 그대로 정어리를 잘 잡는다고 해서 붙여진 별칭이지요. '바람한자락'은 몸통이 작은 상괭이였는데, 애교가 많다고 해서 붙여진 별칭입니다. '바람한자락'은 우리 중에 머리가 가장 명민했습니다.

외뿔이에게는 '태양의 전사'라는 멋진 별명이 붙었습니다. 고래들 머리 위에는 태양이 떠 있고, 외뿔이는 언제나 그 태양에 가까이 가는 도약하기를 즐겨했으니까요. 외뿔이는 여러 고래 생도들이 보는 앞에서 수면 위로 도약하는 솜씨를 보여주었습니다. 그 뒤로 외뿔이에게 '태양의 전사'라는 별명이 붙었습니다. 고래 학교에서는 '고래사회의 법과 윤리', '고래사회의 철학', '고래사회의 역사', '고래사회의 행복', '고래의 몸', '고래로 사는데 필요한 기초과학', '고래사회의 오늘과 미래, '고래사회를 빛낸 고래 조상들' 따위에 대해서 배웁니다. 고래 학교에서는 고래사회에서 고래의 일원으로 살기 위해 필요한 모든 것들을 배웁니다.

외뿔이에게 고래학교 시절은 불행했습니다. 외뿔이를 걸려 넘어지게 한 문턱이 두 개가 있었습니다. 외뿔이는 그 문턱을 넘지 못하고 걸려 넘어졌습니다. 외뿔이는 고래학교 사상 가장 불미스런 폭력 사건에 연루되어 퇴교당했습니다. 지금부터 그 이야기를 들려드릴게요.

대왕고래 혈통을 가진 고래 족장의 아들과 그를 따르는 고래들이 있었습니다. 대왕고래들은 힘이 세고 고래 사회의 귀족들이라고 할 수 있습니다. 대왕고래들은 좋은 어장들을 갖고 있고, 고래 사회의 요직들을 차지하고 있었습니다. 대왕고래 아래에 흑등고래와 수염고래가 있고, 고래 사회의 가장 밑바닥에 상괭이들이 있었

습니다. 상괭이들은 고래 사회에서 하층계급으로 멸시를 당하곤 했습니다. 그들은 몸집도 작고 힘도 없었습니다. 상괭이들은 온순한 성격 탓에 싸움도 잘 하지 못했습니다. 고래 학교에서도 대왕고래들은 유난히 큰소리를 내고 으스댔지만 상괭이들은 조용히 구석진 곳으로 몰려다녔습니다.

외뿔이와 그 친구들은 대왕고래와 그들을 따르는 고래들을 '늑대의 무리들'이라고 불렀어요. 그들은 단지 자신들의 힘을 과시하고 그 과시에서 즐거움을 얻으려고 약한 상괭이들을 괴롭히곤 했습니다. 외뿔이는 그들에게서 아주 희미하게 악의 무리들이 갖는 어떤 표징을 보았습니다.

'늑대의 무리들'은 포악하고 거칠었습니다. 그들이 '달리는 아이'에게 모욕을 주고, 그 모욕에 항의하자 '달리는 아이'에게 떼 지어 달려들어 괴롭혔습니다. '달리는 아이'는 다쳤습니다. 배쪽에 있는 지느러미 한쪽이 찢겨 너덜너덜 할 정도였습니다. 그보다 마음을 더 심하게 다쳤습니다. 그는 어떤 고래와도 말을 섞으려고 하지 않았고, 더는 고래 학교에도 나오지 않으려고 했습니다.

"왜 그렇게 슬픈 표정을 하고 있어?"

하얀 갈매기가 물었습니다. 외뿔이는 고래 학교에서 있었던 일들에 대해 이야기했습니다. '늑대의 무리들'이 부리는 행패에 대해, 그리고 '달리는 아이'가 그들에게 당한 것에 대해 이야기했습니다.

"어떻게 그럴 수가 있지?"

하얀 갈매기는 분노했습니다. '늑대의 무리들'이 더는 나쁜 짓을 하지 못하게 해야 한다고 했습니다.

"어떻게?"

"싸워야지."

"나는 그들보다 몸집도 작고, 힘도 약한데?"

"그렇다고 그들이 마냥 나쁜 짓을 하도록 놔둬서는 안 돼!"

"싸워봤자 그들에게 당하고 말 거야!"

"힘이 약하면 머리를 써야지!"

"머리를?"

"힘이 약하다면 머리를!"

하얀 갈매기는 외뿔이에게 머리를 써서 싸우는 법에 대해 이야기를 했습니다. 외뿔이는 하얀 갈매기의 이야기에 귀를 기울이며 벌써 대왕고래 새끼와 싸우는 자신의 모습을 그려봤습니다. 가슴이 쿵쾅거리며 뛰었습니다.

외뿔이는 고래 족장의 아들을 거대한 바위 사이로 유인했습니다. 해저에 솟아나온 거대한 바위는 초록빛을 띄고 있습니다. 그 초록빛의 거대한 두 바위 사이로 해류가 흐르고 있습니다. 그곳은 거대한 바위가 위에서 오는 빛을 차단하는 통에 낮에도 어두컴컴했지요.

"무슨 일로 나를 불러냈지?"

그가 거만하게 물었어요.

"너는 무슨 권리로 약한 고래들을 괴롭히지?"

"크크큭…… 그게 알고 싶단 말이야?"

"……."

"그건 내가 대왕고래니까."

"네 아버지가 족장이기 때문에 너도 족장이라고 착각하는 건 아니겠지. 만약 네 아버지가 족장 고래가 아니라면 너는 아무것도 아닌 거지. 그저 그런 고래인 거지. 네가 약한 고래를 괴롭히는 것은 족장 고래인 네 아버지의 힘을 믿고 있는 까닭이지."

"뭐라구? 내가 족장 고래의 아들이라는 사실을 질투하는 거야? 그러니까 나를 시기하고 미워하는 거지. 좋아. 어쨌든 나는 대왕고래이고, 족장 고래의 아들로 태어났어. 이 말은 족장 고래의 아들로 태어나지 못한 모든 고래들이 나를 존경해야 한다는 뜻이야. 그걸 모르는 무지한 고래들은 힘으로 그 사실을 깨우쳐줘야 하는 거야."

"여기에는 족장 고래 아버지도, 그 밑에 있는 하수인들도 없어. 이 자리에서 네 힘을 보여줘 봐. 네 힘으로 나를 굴복시켜봐."

"감히 내게 도전하겠다고?"

"자, 말은 필요 없겠지? 네 힘을 보여달라구."

대왕고래가 먼저 외뿔이에게 돌진해 왔습니다. 제법 빠른 속도였지요. 외뿔이는 해류를 타고 다가오는 그의 몸통을 슬쩍 피했습니다. 그 사이에 꼬리로 대왕고래의 약한 배 부분을 힘껏 타격했습니다. 그의 몸이 기우뚱하고 기울었지요. 대왕고래가 다시 몸을 추스르고 화가 잔뜩 나서 달려들었습니다. 이미 대왕고래는 기분이

상하고 흥분한 상태였습니다. 그때 협곡 안쪽의 그늘에 숨어 있던 번개와 이방인과 사냥꾼과 달리는 아이가 나타났습니다. 대왕고래는 당황한 기색을 보였습니다.

"여럿이 함께 덤비겠다는 거야? 이거 비겁한 거 아냐?"

"비겁한 건 너희들이야. 공연히 몸통만 크다고 약한 고래들을 괴롭혔잖아!"

번개와 이방인이 대왕고래의 양쪽에서 주의력을 흩트리자 대왕고래가 멈칫 하는 사이에 외뿔이가 대왕고래의 눈에 미리 준비한 미역 줄기를 덮었습니다. 순간 대왕고래는 아무것도 볼 수가 없었습니다. 그 사이에 외뿔이와 다른 고래들이 일제히 달라붙어 대왕고래를 공격했습니다. 번개가 대왕고래의 왼쪽 옆구리를 치고, 이방인은 대왕고래의 오른쪽 옆구리를 쳤습니다. 대왕고래는 균형을 잃은 채 물속에서 몸부림을 쳤습니다.

외뿔이는 물속으로 내려갔다가 빠르게 솟구치며 머리로 대왕고래의 배 부분을 들이받았습니다. 아마 거기가 대왕고래의 급소였던 모양입니다. 대왕고래의 입이 벌어지면서 거친 비명이 흘러나왔습니다. 이미 대왕고래는 대항할 생각이 없는 듯 했습니다. 대왕고래는 두려움에 떨었습니다. 아무리 대왕고래라고는 하지만 그는 새끼 고래에 불과했던 것입니다. 외뿔이는 그쯤 혼내 줬으니 대왕고래와 그 무리들이 더는 작은 고래들을 괴롭히지 않으리라고 생각했습니다.

며칠이 흐른 어느 날, 늑대의 무리들이 외뿔이와 무지개 고래들이 놀고 있는 곳에 와서 시비를 걸었습니다. 대왕고래는 없었습니다.

"우리는 말이야, 너희를 보면 기분이 공연히 나빠져!"

먼저 시비를 건 것은 늑대의 무리들입니다.

"네 이마에 돋은 뿔도 기분이 나빠!"

늑대의 무리들중에 가장 몸집이 큰 수염고래가 먼저 외뿔이의 몸을 쳤습니다. 외뿔이 옆에 있던 번개가 그 고래를 막아섰습니다.

"우리는 너와 싸우고 싶지 않아."

"네가 싸우고 싶건 아니건 그런 건 상관할 바가 아냐. 우리가 기분이 나쁘다는 게 중요한 거야!"

수염고래 뒤쪽에 있던 덩치 큰 고래 두 마리가 갑자기 달려들어 번개의 몸통을 가격했습니다. 번개의 몸이 휘청거렸습니다. 다시 번개를 가격하기 위해 다가서는 그들을 메아리와 사냥꾼이 막았습니다. 그 순간, 늑대의 무리들과 외뿔이의 친구들은 한데 엉겨 붙었습니다. 싸움은 대략 한 시간 정도 계속되었습니다. 그것은 싸움이

라기보다는 일방적으로 늑대의 무리들에게 외뿔이와 그 친구들이 맞은 것이었지요. 우선 외뿔이와 친구 고래들은 수가 적었습니다. 힘에서도 그들을 당해 낼 수가 없었습니다. 바람한자락은 눈에서 피가 흘렀고, 달의 아이는 등에 상처가 났고, 이방인은 지느러미가 찢겼습니다. 외뿔이도 여기저기 맞은 자리에 통증이 심했습니다.

"많이 다쳤구나!"

하얀 갈매기는 외뿔이의 몸통 여기저기에 난 멍든 자국을 보고 걱정했습니다.

"괜찮아."

외뿔이는 애써 웃음을 지으며 말했습니다.

"내가 괜한 짓을 한 건가?"

"뭘 말이야?"

"싸우라고 한 것 말이야."

"아냐."

"네가 이렇게 다쳤잖아."

"우리가 가만히 있었어도 그 고래들은 우리를 못 살게 굴고 괴롭혔을 거야. 이렇게 되었으니 맞서서 싸워야지. 여기서 물러날 수는 없어."

"조심해!"

하얀 갈매기는 외뿔이에게 진심을 다해 말했습니다.

늑대의 무리들과 외뿔이와 그 친구들 사이에 있었던 패싸움이 고래 학교에서 심각한 문제가 되었습니다. 외뿔이와 그의 친구들인 무지개 고래들이 고래학교의 규율 선생님에게 불려갔습니다. 그는 다짜고짜 외뿔이와 그 친구들을 고래학교에 분란을 일으키는 말썽꾼들이라고 몰아세웠습니다.

"너희들이 패싸움을 벌이는 바람에 고래학교가 곤란한 지경에 처하게 되었어. 왜 얌전히 학교에 다니지 않고 말썽을 일으켰느냐? 말해 보아라. 그 이유가 어디 있느냐?"

"우리가 싸움을 건 게 아니라 족장의 아들과 그 친구들이 먼저 와서 시비를 건 겁니다."

외뿔이가 화난 목소리로 고래학교의 규율 선생님에게 항의를 했을 때, 그가 외뿔이의 뺨을 때렸습니다. 한 대, 두 대, 석 대, 넉 대…… 그래도 분이 풀리지 않는지 그는 외뿔이를 노려보았습니다.

"너희들 행위가 정당하다는 거냐?"

"우리가 싸움을 먼저 건 것도 아니고, 일방적으로 그들에게 얻어

맞았는데, 뭘 잘못했다는 것이죠?"

"너희들은 싸워서는 안 될 상대하고 싸웠다. 그리고 족장의 아들이 다쳤다고 한다. 고래학교에서는 그 책임을 엄중하게 묻지 않을 수가 없다."

"말도 안 돼요! 어떻게 그럴 수가 있어요! 그건 정의가 아니예요!"

"너희들이 저지른 행위는 그에 마땅한 처벌이 내려질 거다. 곧 고래학교에서는 이 문제를 심각하게 논의하고 어떤 처벌을 내릴 건지 결정하는 상벌위원회가 열릴 것이다. 그동안 다른 말썽을 일으키지 말고, 자숙의 시간을 갖도록 해라."

그 뒤로 고래학교에서 상벌위원회가 두 차례 열렸습니다. 그 동안 달리는 아이, 사냥꾼, 바람한자락, 이방인, 메아리, 번개 등은 눈에 띄게 풀이 죽어 있었습니다. 그들은 제 집과 고래학교 사이를 조용히 오갔습니다. 외뿔이는 규율 선생의 일방적인 말에 실망과 함께 분노를 느꼈습니다. 더는 고래 학교에 다니고 싶지 않았습니다. 번개도 외뿔이와 생각이 같았습니다. 외뿔이는 고래 학교에 나가는 대신에 독도 인근을 이유없이 헤엄쳐 다니곤 했습니다. 독도 해안 쪽으로 접근하는 배를 구경하거나, 먼 바다에서 큰 고래들이 해면 위로 내뿜는 물보라를 바라보곤 했습니다.

"앞으로 우린 어떻게 될까?"

번개의 표정은 어두웠습니다.

"걱정이 되니?"

"그럼. 학교에서 퇴교당할 수도 있는데. 어떡하지? 우리가 고래 사회에서 당당하게 살 수 있을까? 그냥 낙오자가 되는 게 아닐까?"

"나는 좀 더 멀고 너른 바다로 나갈 거야."

외뿔이가 그렇게 말하며 독도 부두를 바라보았을 때 마침 여객선에서 사람들이 내리고 있었습니다. 대기는 푸르렀고, 너울은 없었습니다. 햇빛은 물결 위에서 반짝거리고, 여객선은 잔잔한 물결 위에서 흔들리고 있었지요. 이상하게 눈에서 눈물이 나왔습니다. 하얀 갈매기와 헤어질 생각 때문에 벌써 슬퍼졌던 거지요.

"설마 퇴교까지 시킬까?"

"마음의 준비는 하고 있어야 해."

독도 부두에 접안했던 여객선이 다시 떠나려고 합니다. 독도 인근 창공에는 숱한 괭이갈매기들이 평화롭게 날고 있었습니다.

외뿔이와 번개는 계속해서 학교에 나가지 않고 독도 인근 바다를 방황하고 있었습니다. 햇빛이 좋은 날에는 독도 인근 바다를 떠나 남쪽으로 꽤 먼 바다까지 나갔다 돌아오기도 했습니다.

"우리는 장차 무엇이 될까?"

"고래로 태어났으니까, 어른 고래가 되겠지."

"고래가 뭐지? 왜 고래로 태어난 거야?"

"고래라는 건 말이야, 바다의 소가 아닐까? 언젠가 들었는데, 뭍에는 소라는 순한 동물이 있다고 했어. 아주 순한 초식동물이라고 해. 말하자면, 우리는 바다의 소야."

"소는 풀을 먹고 자라나서 무엇이 되지?"

"소는 사람들이 길들여서 야생을 잃어버렸다고 해. 사람과 함께 살면서 어떤 소는 우유를 만들고, 어떤 소는 농사 일을 하고, 어떤 소는 살을 찌워 사람들이 좋아하는 고기가 된다지."

"소에게는 소의 꿈이라고 할 만한 게 없네."

"불쌍하지. 죽도록 일하다가 죽거나 고기가 되는 거니까."

"왜 그렇게 된 거야?"

"제 타고난 본성을 잃고 노예가 되었기 때문이 아닐까?"

"소는 왜 소로 태어났을까?"

"그런 소에 견주면 고래는 그 누구의 노예도 아니니까 행복한 셈이지."

"세상의 동물들은 사람에게 길들여져 가축으로 전락한 노예동물들과 제가 타고난 본성대로 사는 자유동물이 있는 거지."

"고래는 자유인 거야!"

"자유라는 건 멋진 선물이지."

"그것은 누구에게도 빼겨서는 안 될 중요한 보물이야."

"소들은 왜 그걸 뺏긴 거야? 어리석어서? 아니면 힘이 없어서?"

"소에 쓸모가 많았기 때문일 거야."

"때로 쓸모가 많다는 것은 재앙이 될 수도 있어."

외뿔이와 번개는 사이좋게 수평선 너머로 떨어지는 태양을 바라보았습니다. 바다의 하루도 덧없이 저물고 어둠이 내리고 있습니다.

고래 곡마단

그 무렵 독도에 남방고래 곡마단이 왔습니다. 그들은 멕시코만 쪽에서 북태평양 알류산 열도를 거치고 일본해를 넘어 독도까지 왔습니다. 큰부리고래가 물구나무를 서서 꼬리로 접시 열 개를 돌렸습니다. 북방짱구고래는 무대 위에서 갑자기 사라졌다가 뒤에서 나타나는 묘기를 부렸습니다. 소어비부리고래는 노래를 불렀는데, 그 노래를 들으며 독도의 고래들은 스르르 잠에 빠져들었습니다. 곡마단의 고래들은 저마다 묘기를 갖고 있었고, 독도 고래들은 그 신기한 재주에 감탄했습니다. 흰어깨부리고래가 나와 입으로 물을 뿜었는데, 그 물 속에서 새끼 고래가 두 마리가 튀어나왔습니다. 그걸 본 고래들이 손뼉을 치며 좋아했습니다. 다음에는 대서양낫돌고래가 묘기를 부렸는데, 입에서 불을 뿜어냈습니다. 그런데 그 불은 뜨겁지가 않았습니다. 대서양낫돌고래의 양쪽 옆면에는 노란 무늬가 있었는데, 그 색깔이 선명했습니다. 일곱 마리의 향유고래들이 나와 조용히 음파를 맞춰 노래를 시작하면서 벌이는 마술은 곡마단이 보여줄 수 있는 최고의 신기였습니다. 일곱 마리 향유고래들은 엄마, 할머니, 아이들이 다 같은 식구라고 했습니다. 그 음파의 곡조도 마음을 빼앗길 만큼 아름다웠습니다. 음파가 중간쯤에 이르렀을 때 향유고래들은 하나씩 소리없이 사라졌습니다. 정말 순식간에 일어난 일이어서 고래들은 제 눈을 믿을 수가 없었습니다. 사라졌던 향유고래들이 다시 하나씩 나타났습니다.

외뿔이는 춤추는 필돌고래와 모래시계돌고래가 아름답다고 생각했습니다. 그들은 쉬지 않고 춤을 추었습니다. 외뿔이는 무엇보다도 생전 처음 보는 고래들의 모습이 신기했습니다. 독도 바다에 고래곡마단이 와 있는 일주일 동안 고래 사회는 축제 기간이나 다름없었습니다. 해가 진 뒤 거의 모든 고래들이 고래곡마단의 묘기를 보러 나왔습니다. 그리고 이튿날에는 고래곡마단의 묘기를 갖고 얘기를 나누느라 정신이 없었습니다.

퇴교

그 사이에도 고래 학교에서는 상벌위원회가 두 번 더 열렸습니다. 마침내 믿을 수 없는 결과가 나왔습니다. 어쩐 일인지, 다른 고래들에게는 30일 동안 학교에 나오지 못하는 징계가 내려졌고, 외뿔이와 번개와 이방인에게는 가장 가혹한 퇴교 징계가 내려졌습니다. 이건 정말 원칙도, 정의도 없는 결정이 아닐 수 없습니다.

외뿔이와 번개에겐 돌봐줄 아버지도 힘 있는 친척도 없었고, 이방인은 외뿔이의 친구들 중에서 가장 가난하였습니다. 누가 그들을 짓밟는다 해도 아무도 그들을 대신해서 싸워줄 존재가 없었습니다. 가장 힘없는 그들에게 가장 가혹한 징계를 내렸던 것이지요.

"이제 나는 어떻게 될까?"

외뿔이는 고래곡마단이 떠난 뒤 모처럼 하얀 갈매기와 만났습니다.

"걱정하지 마. 중요한 것은 네가 지금 여기에 살아 있다는 사실이야. 네 삶이 실패냐 성공이냐 하는 건 어쩌면 그렇게 중요한 문제가 아닐 수도 있어. 더 넓게 생각해봐."

"뜻대로 되는 게 하나도 없어. 모든 게 실망이야."

"지금부터 시작이야!"

하얀 갈매기가 하는 위로의 말들도 외뿔이의 어둡고 우울한 마음을 달래지는 못했습니다.

고래학교에서 외뿔이를 이해하고 응원해준 선생님은 딱 한 분입니다. 바로 '고래의 역사'를 가르치는 흑범고래입니다. 그는 고래학교 선생님들의 회의에서 내린 외뿔이의 퇴교 결정에 대해 그 부당함을 열거하며 지적했습니다. 그럼에도 외뿔이에게 내려진 퇴교 결정은 철회되지 않았습니다. 외뿔이는 고래학교가 생긴 이래 처음으로 출교를 당하는 불명예를 안았습니다.

어느 저녁, 흑범고래는 외뿔이를 불렀습니다.

"이번 일은 안타깝다. 이건 부당한 일이지만, 나 혼자 힘으로는 어쩔 수가 없구나. 네 선생님으로서 이 일을 끝까지 막지 못한 것이 부끄럽다. 이제 너는 어쩔 셈이냐?"

"저도 어찌 해야 할지를 모르겠습니다. 그냥 화가 나요."

"그래, 네가 화를 내는 건 당연한 일이다. 그렇지만 지금이야말로 미래에 대해 냉철하게 생각해야 할 때다."

"친구들도 그렇고, 저도 어찌 할 바를 모르겠습니다"

"항상 꿈을 잃지 마라. 오늘의 너를 만든 건 바로 네가 꾼 꿈들이다."

"나를 만든 건 어머니, 아버지, 할머니, 바다가 아닌가요?"

"아니다. 너를 만든 건 네 어머니와 아버지의 꿈, 네 할머니의 꿈, 바다의 꿈, 고래학교의 꿈들이다. 우주의 모든 꿈들이 네 꿈과 합쳐져서 너를 만든 것이다."

"이제 저는 어떻게 될까요?"

"그것도 오늘과 내일에 꾸는 네 꿈들이 결정할 것이다. 오늘은 어제가 꾼 꿈이고 내일은 또 오늘이 꾸는 꿈이다."

"꿈을 갖지 않는다면 어떻게 될까요?"

"꿈이 없다는 건 죽었다는 뜻이다. 죽은 자들이란 꿈을 꾸지 않는

자들을 말한다. 살아있는 자들은 누구나 꿈을 꾼다. 다만 제각각 다른 꿈들을 꿀 뿐이지. 꿈들은 씨앗들이라고 할 수 있지. 볍씨를 뿌리면 벼가 자라고, 보리씨를 뿌리면 보리가 자라게 되지. 그러니 네 꿈이 무엇인지를 잘 살펴야 한다."

흑범고래의 이야기를 조용히 경청하며 외뿔이는 속으로 말했습니다. 내 꿈은 무엇일까?

가을이 가고 겨울이 왔습니다. 외뿔이는 오랜만에 바위섬을 찾았습니다. 여느 때처럼 바위섬 꼭대기에 하얀 갈매기가 앉아 있었습니다.

"꼬마야, 오랜만이구나."

"왜 쓸쓸해 보이지?"

그날따라 하얀 갈매기는 깃을 움츠리고 목을 깃털 속에 웅크리고 있었기 때문에 쓸쓸해 보였습니다.

"겨울이 오니까 그런가봐."

"왜?"

"겨울은 춥고 먹이를 구하기도 힘들어져."

"춥다는 게 뭐야?"

"겨울이 오면 세상이 다 얼어붙지. 춥다는 건 몸이 시리고 마음이 따뜻한 걸 찾게 되는 상태야."

외뿔이는 춥다는 게 뭔지 잘 몰랐습니다.

"추우면 풀들은 시들고 나무들은 잎을 다 떨어뜨린단다. 곰이나 뱀 같은 동물들은 깊은 동굴이나 땅속으로 들어가 겨울잠을 자기도 하지. 겨울이 끝날 때까지 긴 잠을 자는 거지."

"겨울잠을 잔다구? 왜 잠만 자는 거야?"

외뿔이는 하얀 갈매기에게서 듣는 얘기들이 전부 신기했습니다.

"겨울에는 다들 먹고 살기 힘드니까. 곰이나 뱀이 겨울잠을 자는 건 그들이 힘든 겨울을 견디고 살아가는 방식이야."

가을에서 겨울로 접어드는 계절에는 확실히 해가 짧아졌습니다. 서쪽 하늘에 붉은 노을이 번졌습니다. 하얀 갈매기의 깃털도 붉게 물들었습니다. 잔뜩 목을 움츠리고 있던 하얀 갈매기가 외뿔이의 눈에는 몹시 쓸쓸하게 보였습니다.

"당분간은 나를 여기서 볼 수 없을지 몰라."

"왜?"

"좀 더 따뜻하고 먹이도 구하기 쉬운 남쪽으로 떠날 작정이야. 봄에 돌아올 테니까 염려하지는 말아."

"알았어. 잘 다녀와."

벌써 붉은 노을이 지고, 바다 위로 옅은 어둠이 깔리고 있었습니다.

흑범고래의 꿈법칙 1과 2

그 뒤로도 흑범고래는 외뿔이를 자주 찾았습니다. 외뿔이는 흑범고래의 별명을 지었습니다. '꿈스승'이라고요. 왜냐하면 흑범고래는 외뿔이와 만날 때마다 꿈에 대해 얘기를 했으니까요. 외뿔이와 꿈스승은 함께 독도 주변 바다를 유영하며 많은 이야기들을 나눴습니다. 그 이야기들은 꿈스승의 위대한 꿈에 대한 가르침이라고 할 수 있겠지요.

"먼저 네 꿈이 무엇인지를 알아야 한다."

꿈스승의 얼굴에 빛이 있었습니다.

"이게 꿈법칙의 첫 번째 단계란다."

이렇게 흑범고래는 꿈법칙에 대해 말하기 시작했습니다.

"어떤 게 진짜 제 꿈인지 모르겠어요. 제 꿈은 시시각각으로 달라져요. 진짜 꿈은 어떻게 알 수 있나요?"

외뿔이가 물었습니다.

"네가 그것을 생각할 때 행복해지는 것, 그게 바로 네 꿈이란다. 네가 그것을 바라는 것만큼 그 꿈도 네가 다른 꿈이 아니라 자신에게 오도록 간절하게 갈망한단다. 혼자만 바라는 것은 진짜 꿈이 아니란다."

외뿔이는 자기 안에서 자라는 꿈들이 무엇인가를 생각해 봤습니다. 그 꿈은 분명하지 않았습니다. 외뿔이가 진짜 무엇이 되고 싶은지 아직은 흐릿했습니다.

"꿈들을 가슴에 품고, 진정으로 갈망해야 한다! 그래야 꿈이 너를 알아볼 수 있단다."

꿈스승인 흑범고래가 말했습니다.

"아직은 제 꿈이 뭔지 알 수가 없어요."

"네가 아직 꿈에 대한 확신과 갈망이 부족하기 때문이야. 그러니까 꿈도 네 앞에 나타나기를 주저하는 거란다."

"언제쯤 제 꿈이 나타날까요?"

"꿈을 기다리지 말고 네가 먼저 꿈 앞에 나가라! 이게 꿈법칙의 두 번째 단계란다."

독도 너머로 해가 지고 있었습니다. 외뿔이를 바라보는 흑범고래의 눈에는 사랑이 가득했습니다. 그 눈을 보고 있자 외뿔이도 행복해졌습니다.

"오늘은 여기까지야. 다음에 만날 때 꿈법칙의 세 번째에서 여섯 번째까지를 얘기해주마."

꿈스승인 흑범고래가 말했습니다.

꿈법칙 3, 4, 5 그리고 6

독도 일대의 하늘에서 눈이 내리기 시작했습니다. 하얗게 눈이 내리는 바위섬에 하얀 갈매기가 앉아 있었습니다. 요 며칠 사이에 하얀 갈매기가 보이지 않았기에 외뿔이는 하얀 갈매기가 남쪽 바다로 떠난 줄만 알았습니다.

"어쩐 일이야? 남쪽으로 떠나지 않았어?"

"응, 기운이 없어서 포기했어."

"그럼 독도에서 겨울을 나야겠네!"

"내 눈이 조금씩 침침해지고 있어."

하얀 갈매기가 힘없이 말했습니다.

"날개의 힘도 예전 같지가 않아."

"요즘 우울한 거야?"

하얀 갈매기의 깃에 윤기가 사라지고, 어쩐 일인지 기운이 없어 보였습니다.

"이제 갈 때가 된 거지."

"무슨 소리야. 오래 살 수가 있어."

"고마워. 하지만 내 상태는 내가 더 잘 알아."

"힘내. 우울해서 그럴 거야."

"아냐. 벌써 사냥도 못 하고, 여러 날째 굶고 있어. 굶어서 그런지

더 기운이 없어."

"굶다니! 왜 내게 말하지 않은 거야?"

"굶어도 배고픈 줄을 모르겠어."

"내가 물고기를 잡아올게. 기다려."

"아냐, 아냐. 그냥 나와 함께 있어주면 돼."

외뿔이는 덜컥 가슴이 내려앉았습니다. 진짜 하얀 갈매기가 죽을 지도 모른다는 생각이 들었던 거지요. 물론 백 한 살 먹은 갈매기가 죽는 건 하나도 이상한 일이 아닐지도 모릅니다.

"난 백 한 살이야. 오래 살았지."

"내 곁에 좀 더 오래 있으면 안 돼?"

"그게 어디 내 힘으로 되는 거니?"

"네가 내 곁에 없다면 나는 정말 슬플 거야."

"알아, 나도 알아."

"그러니까 죽는다는 말은 하지 말아."

"이젠 물고기를 사냥할 힘도 없어."

"내가 날마다 물고기를 잡아다 줄게."

"오랜만에 네 도약하는 모습을 보고 싶어."

"알았어."

외뿔이는 물속으로 잠영했다가 이마를 들어 올리며 힘껏 물을 차고 공중으로 날아올랐습니다. 외뿔이의 몸통이 완벽하게 공중에 떴습니다. 공중에서 몸통을 회전하지는 않았지만 도약은 군더더기 하나 없이 깔끔했습니다. 외뿔이는 잠시 공중에 머물며 하얀 갈매기를 바라보았습니다. 하얀 갈매기가 웃고 있었습니다. 외뿔이는 하얀 갈매기의 웃음이 평화롭다고 느꼈습니다. 하얀 갈매기의 미소는 세상에서 가장 아름다운 미소였습니다. 그 순간 하얀 갈매기가 앉아 있던 바위섬에서 천천히 미끄러졌습니다.

하얀 갈매기는 물속으로 잠영하듯이 몸통이 물결 아래로 사라졌습니다. 외뿔이는 입수하며 하얀 갈매기의 모습을 찾았습니다. 하얀 갈매기는 점점 더 바다 아래로 가라앉고 있었습니다. 외뿔이가 가슴지느러미로 눈을 감은 하얀 갈매기를 안았을 때 하얀 갈매기는 이미 죽은 뒤였습니다.

외뿔이가 기댈 수 있는 것은 꿈스승 뿐이었습니다. 외뿔이는 꿈스승에게 하얀 갈매기의 죽음에 대해 말했습니다. 꿈스승은 외뿔이의 슬픔을 위로했습니다. 슬프고 힘들수록 꿈법칙에 대해 배워야 한다고 했습니다.

"꿈법칙의 세 번째 단계는, 꿈에 집중하라는 것이다."

"집중!"

"그래. 무덤의 도굴꾼조차 제 일을 할 때는 무섭게 집중한단다. 아기에게 젖을 먹이는 엄마도, 먹잇감을 사냥하는 뱀도 집중을 하지."

"집중!"

외뿔이는 외쳤습니다.

"잊지 마라! 꿈이 이루어지려면 혼자 힘으로는 되지 않아. 네 꿈이 이루어지려면 우주 전체가 나서서 네 꿈이 실현되도록 도와야 한단다. 네가 꿈에 집중하지 않는다면 아무도 그 꿈을 위해 제 힘을 보태지 않지. 그러니까 무엇보다 꿈에 집중해야 돼. 꿈을 이룬 모든 것들은 그만큼 꿈에 집중했기 때문이지."

꿈스승은 꿈의 법칙 세 번째 단계에 대해 말한 뒤 오랜만에 외뿔이의 도약을 보고 싶다고 했습니다. 외뿔이는 하얀 갈매기가 바위섬에서 미끄러져 바다 속으로 죽던 순간을 떠올렸습니다. 그 하얀 갈매기와 꿈스승을 위해 도약하겠다고 마음먹었습니다. 외뿔이는 호흡을 가다듬고 힘차게 물속을 유영하다가 어느 순간 수면 위로 몸을 솟구쳐 올렸습니다. 외뿔이의 이마에 솟은 뿔이 햇빛을 받아 반짝 하고 빛났습니다. 외뿔이의 몸통이 수면 위로 떠올라 공중에 머물렀습니다. 한 번. 두 번. 세 번. 그럴 때마다 물보라가 일었습니다. 도약하는 외뿔이의 눈에서 눈물이 흐르고 있었습니다. 외뿔이의 젖은 눈에 비친 먼 수평선 쪽에서 갈매기들이 독도 방향으로 날아오고 있는 광경이 비쳤는데, 정말로 평화로웠습니다.

"언제 보아도 네 공중 도약은 아름답구나!"

꿈스승은 외뿔이의 도약에 대해 칭찬을 아끼지 않았습니다. 연이어 공중 도약을 하느라고 외뿔이는 숨이 찼습니다. 외뿔이는 꿈스승의 칭찬이 기뻤습니다.

며칠 뒤 꿈스승을 만날 때 번개와 달리는 아이 메아리와 이방인도 함께 왔습니다. 번개는 고래사회에서 명망이 높은 장인 고래 아

래서 기술을 배우고 있고, 다른 친구들은 고래 학교에 열심히 다니고 있다고 했습니다.

꿈스승은 외뿔이와 그 친구들의 삶의 터전인 바다와 지구, 그리고 우주에 대해 얘기해 주었습니다.

"누군가는 '우주는 그냥 있는 것이다, 그게 전부다.' 라고 말하지만, 내 생각엔 우주는 그 자체로 살아 있는 것이고, 모든 생명이 그렇듯이 우주가 있는 것은 목적이 있단다. 우주의 목적은 우주에 있는 모든 생명체가 가진 꿈의 총합과 일치하지. 그러니까 너희들이 가슴에 품은 꿈 하나하나가 모여 우주가 존재하는 목적이 되는 거지."

고래들은 눈을 반짝이며 꿈스승의 얘기를 경청했습니다. 꿈스승은 외뿔이가 다른 친구들과 함께 있었기 때문인지 꿈법칙에 대해서 말하지는 않았습니다.

하얀 갈매기가 죽은 겨울은 외뿔이에게도 시련의 계절이었습니다. 외뿔이는 날마다 하얀 갈매기와 함께 시간을 보낸 바위섬에 와 먼 수평선을 바라보는 일로 소일했습니다. 몸도 마음도 추운 겨울이었습니다. 꿈에 외뿔 고래가 나타났습니다.

"너는 누구냐?"

외뿔 고래가 물었습니다.

"외뿔입니다."

"왜 나를 찾았지?"

"제 꿈이 무엇인지 가르쳐 주세요!"

"그건 네 스스로 해야 할 일이다."

외뿔 고래는 등을 돌려 사라졌습니다. 외뿔이는 허망하게 꿈에서 깨어났습니다.

"오늘은 꿈법칙의 네 번째 단계에 대해 말해주지."

외뿔이의 눈이 초롱초롱 빛났습니다.

"꿈법칙의 네 번째 단계는 꿈을 사랑하라는 것이다."

"사랑!"

외뿔이가 외쳤습니다.

"그렇다, 사랑!"

"사랑!"

외뿔이가 마음에 새기기라도 할 듯 다시 외쳤습니다.

"사랑하지 않고선 죽을 것처럼 네 안에 있는 모든 힘을 다해 꿈을 사랑하라!"

"사랑이 없다면 어떤 꿈도 붙들 수가 없겠군요."

"그래, 알 속에 있는 새도 제 어미의 사랑이 없다면 알을 깨고 나올 수가 없지. 사랑이 없다면 네 꿈도 부화할 수 없단다."

외뿔이는 제 꿈이 무엇일까 하고 생각했습니다. 그리고 외뿔이는 그 꿈을 제 목숨만큼 사랑할 수 있을까요.

"성공이 아니라 꿈을 위해 네 땀과 시간을 바쳐라!"

꿈스승이 말했습니다.

"성공을 하려는 자들은 그 성공을 이루기 위해 다른 존재의 꿈을 짓밟기도 하지. 하지만 정말로 꿈을 이루려는 자들은 다른 존재의 꿈을 짓밟는 법은 없단다. 성공은 다른 성공들에 대해 적대적이지만 꿈은 다른 꿈들과 통하기 때문이지."

"정말일까요? 자신의 꿈을 위해 다른 이의 꿈을 희생해야 할 때도 있지 않을까요?"

"아니다. 이 꿈과 저 꿈은 달라 보이지만, 사실은 하나란다. 이 꿈이 이루어지면 저 꿈도 이루어지지. 그러니까 이 꿈을 위해 다른 꿈을 짓밟을 필요가 없는 거야."

외뿔이는 꿈스승의 말을 오래 곱씹었습니다.

때때로 외뿔이와 꿈스승인 흑범고래는 먹이사냥을 함께 하기도 했습니다. 양미리들이 떼 지어 지나가는 길목을 지키고 있다가 외뿔이와 흑범고래가 양쪽에서 동시에 양미리들을 몰아갑니다. 외뿔이와 흑범고래의 움직임을 보니 먹이사냥이 그리 필사적으로 보이지는 않습니다. 특히 흑범고래는 천천히 양미리들을 외뿔이 쪽으로 몰았습니다. 갑자기 나타난 고래에 당황한 양미리 떼가 우왕좌왕하는 사이에 외뿔이와 흑범고래는 배가 부를 만큼 먹이사냥을 합니다.

먹이사냥을 끝낸 뒤에 외뿔이와 흑범고래는 독도의 서쪽 작은 돌섬 근처에서 쉬었습니다. 돌섬에는 괭이갈매기들이 싼 하얀 똥들이 여기저기 마른 채 붙어 있었습니다.

"다섯 번째 꿈의 법칙은 무엇인가요?"

외뿔이가 물었습니다.

"꿈을 위해 향상하라는 것이다."

"향상!"

"향상이란 진정성을 갖고 살고 삶의 정수를 바닥까지 다 마시는 것이야. 향상이란 모든 존재의 목적이야. 어제보다 오늘이, 오늘보다 내일이 더 나아진 존재가 되어야 한단다. 그러는 사이에 자신의 꿈과 가까워지고 마침내 실현되는 것이지."

"향상!"

"기억해라, 향상을!"

"향상 노력해야 한다는 뜻인가요?"

"향상은 더 나은 존재가 되려는 마음에서 나오는 거란다. 마음은 행동을 낳는 씨앗과 같은 것이니까."

"여섯 번째 꿈법칙도 얘기해 주세요."

"꿈에 도전하고 그 꿈을 함께 실현할 도반道伴을 찾으라는 것이다."

"도반!"

"그래, 도반이란 벗이며 스승과 같은 존재지. 누구나 꿈을 좇다 보면 반드시 시련과 위기를 만나게 되지. 그래서 좌절하고 꿈을 포기하려고 할 때 나를 일으켜 세울 수 있는 존재가 필요한 거야. 네겐 그런 친구들이 있니?"

외뿔이는 일곱 친구들을 떠올렸습니다. 그들이라면 자기에게 시련과 위기가 닥쳤을 때 반드시 힘과 용기를 줄 수 있는 친구들이라고 생각했습니다.

"물론 좋은 친구들이 있어요."

"좋은 친구란 어떤 친구들을 말하니?"

"오래 사귄 벗들이 친구잖아요? 오래 사귀었으니 말하지 않아도 좋고 싫어하는 바를 알고, 서로의 속내를 훤히 들여다보고, 서로에 대해 정직해질 수 있는 사람이 친구예요."

"예로부터 친구 사이를 금란지계金蘭之契라고 했단다. 둘이 마음을 합치면 쇠도 자를 수 있을 만큼 단단하고, 그 향기가 난의 향기와 같이 감미롭다는 뜻이다. 향기 나는 꽃도 한때요, 미인도 젊은 시절이 지나고 나면 시들고 만단다. 허나 우정은 해가 갈수록 향기가 더해지고 아름다움이 더욱 지극해지는 법이란다."

외뿔이는 제 마음 속에 꿈스승인 흑범고래가 얘기하는 꿈법칙들을 새겼습니다. 그러자 마음이 뿌듯해졌습니다. 꿈스승과 헤어져 집으로 돌아오는 동안에도 흑범고래의 목소리가 외뿔이의 귓가에 맴돌았습니다.

흑마왕

겨울이 가고 봄이 왔습니다. 그 봄에 외뿔이는 오래 앓았습니다. 아마도 엄마를 잃고, 하얀 갈매기와의 이별 때문에 외뿔이의 마음이 많이 약해진 탓이었겠지요. 그러는 사이에도 외뿔이는 자라났습니다. 몸통도 더 커지고, 생각도 더 커졌습니다. 봄이 가고 여름이 왔습니다. 여름은 생명이 풍성해지는 계절입니다. 바다 속의 수초들이 무성해지고, 어류들도 풍성해졌습니다. 하얀 갈매기의 죽음에 충격을 받은 외뿔이도 어느덧 평정심을 되찾았습니다.

어느 날 이 바다에 흑마왕이 나타났습니다. 저 먼 바다에서 온 대왕오징어라고 했습니다. 몸집이 어마어마하게 크고, 몸 빛깔은 청

회색이었습니다. 자세히 보니 몸통에 옅은 회색과 흰색의 얼룩무늬가 있었습니다. 이 대왕오징어가 먹물을 뿜는데, 그 일대가 먹물로 인해 깜깜했습니다. 대왕오징어가 스쳐갈 때 해일이 이는 것처럼 해류가 거칠게 요동쳤습니다.

우리가 아는 바다생물 중에는 그렇게 높이 물을 뿜는 고래는 없었습니다. 물기둥이 10여 미터가 넘었습니다. 가끔은 공중으로 뿜은 물 위에 무지개가 나타나기도 했습니다. 그 무지개를 보며 많은 고래들이 감탄했습니다. 흑마왕은 수많은 물고기 무리가 모인 곳에서 외쳤습니다. 바다가 곧 황폐해질 것이고, 바다 생물들은 다 죽을 것이라고 경고했습니다. 바다 밖에서 방사능이라는 치명적 독성 물질이 곧 바다에 밀려오고 바다 생물들은 눈이 멀고 위장이 썩어 절멸하리라고 했습니다.

"살려면 어떻게 해야 되나요?"

누군가 그렇게 물었습니다. 고래의 물음을 듣고 대왕오징어는 입가에 미소를 지었습니다.

"나를 따르라! 내게 구원이 있다!"

흑마왕은 이 바다는 곧 죽은 바다가 되니, 새로운 바다를 찾아가야 한다고 했습니다.

"이것은 아주 오래된 흑마의 길을 알려주는 예언자의 돌판에 새겨진 것이다. 천년 전에 한 예언자가 이미 이 바다가 죽은 바다가 될 것을 알고 바다생물이 살 길을 돌판에 적어놓았도다!"

흑마왕에 홀린 고래들은 그의 말을 황홀하게 경청했습니다.

"돌판!"

그들은 함께 외쳤습니다. 마치 그들의 앞에 돌판이 있는 듯 싶었습니다.

"그 돌판에 보면 우리 바다생물들은 애초에 푸른 낙원에서 살도록 되어 있었어. 물이 맑고 해초는 풍부하고 다양한 어류들이 평화스럽게 어울려 살 수 있었지."

"푸른 낙원!"

고래들은 함께 외쳤습니다.

"아주 오래 전에 그 푸른 낙원을 한 무리의 침략자들에 의해 빼앗겼어. 고래들과 바다생물들이 그 침략자들에 의해 죽거나 다쳤어. 우리는 그 푸른 낙원에서 막무가내로 쫓겨났어."

"오, 흑마왕이시여!"

고래들은 함께 외쳤습니다.

"우리는 푸른 낙원에서 쫓겨나 혼돈의 사막을 건너고 파국의 산

맥을 넘어서 겨우겨우 이곳에 당도했다. 여기까지 오는 동안 고래의 숫자가 반도 넘게 줄어들었다. 그땐 정말 누구에게나 힘든 시절이었지."

"그곳은 어디에 있을까요?"

"여기서 아주 멀리 떨어진 곳이야."

"그곳으로 다시 돌아갈 수 있을까요?"

"우리 자신에게 달렸지."

대왕오징어의 말들은 신선했고, 고래 무리들 중의 일부는 그 흑마왕이 자신들을 구원할 것이라고 믿었습니다. 흑마왕이 동해에 머문 기간은 그리 오래지 않았습니다. 흑마왕은 석달쯤 머물다가 다시 먼 바다로 떠난다고 했습니다. 그때 고래 무리 중의 일부는 그를 따라나섰습니다. 한 집에서도 떠나려는 고래와 남으려는 고래로 편이 갈라져 싸움이 일어나기도 했습니다.

대왕오징어가 떠나고 고래사회에 일어났던 소동은 잠잠해졌습니다. 그 사이에 동해에도 가을이 왔습니다. 고등어 떼가 몰려오고, 고등어 떼를 따라 낯선 바다에 살던 유랑하는 고래들도 함께 나타났습니다. 그렇지만 그 고래들은 이미 동해에 살고 있던 고래 부족들과 어떤 마찰도 일으키지 않았습니다. 대왕오징어가 고래 사회에 일으킨 파문은 작지 않았습니다. 무려 천 여 마리의 고래들이 대왕오징어를 따라 푸른 낙원을 찾아갔습니다.

"정말 푸른 낙원이 있을까요?"

외뿔이는 꿈스승인 흑범고래에게 물었습니다.

"어딘가에 푸른 낙원이 있겠지. 하지만 흑마왕이 고래들을 푸른 낙원으로 인도한다고 믿지는 않아. 예로부터 그런 사기꾼들은 많았어."

"흑마왕을 따라 간 고래들은 어떻게 됐을까요?"

"아마도 흑마왕의 노예가 되었겠지."

흑범고래의 표정은 어두웠습니다.

해자리 나라를 지나

어느 날 이방인과 번개가 외뿔이를 찾아왔습니다. 고래 학교에서 퇴교당한 그들은 고래 사회에서 할 수 있는 일이 무엇일까, 다들 그런 고민을 하고 있었습니다.

“희망이 없어.”

이방인이 탄식을 하듯 말했습니다.

“미래를 생각하면 숨이 막혀.”

번개가 말했습니다. 답답하기는 외뿔이도 마찬가지였습니다. 혹범고래의 꿈법칙에 대한 가르침에도 불구하고, 고래학교의 퇴교자인 외뿔이에게 삶은 이미 실패가 예정된 거나 마찬가지였습니다.

“우린 무얼 해야 하지?”

외뿔이도 그렇게 말하고 난 뒤 갑자기 막막해졌습니다.

하얀 갈매기가 죽고 여러 계절이 지난 뒤에도 외뿔이의 가슴은 한층 텅 빈 듯했습니다. 공중으로 도약하는 일도 시들해졌습니다. 친구들을 만나도 즐겁지 않았습니다. 밤은 어두웠고 길어졌습니다. 외뿔이는 잘 때 외뿔 고래가 나오는 꿈을 꾸었습니다. 외뿔 고래의 이마에 솟은 외뿔에서 강한 빛이 흘러나왔습니다. 그 빛이 강해서 외뿔이는 눈도 뜨지 못할 지경이었습니다.

"세상에서 가장 귀한 게 무엇입니까?"

외뿔이가 물었습니다.

"죽은 고양이다."

"죽은 고양이가 어째서 가장 귀합니까?"

"그건 아무도 값을 매길 수가 없기 때문이지."

그리고 외뿔이는 꿈에서 깨어났습니다.

외뿔이는 외뿔 고래 꿈을 꾼 뒤 오랫만에 묘와 요를 찾아갔습니다.

"가슴이 답답해요."

외뿔이가 말했습니다. 구루들은 외뿔이에게 여행을 권했습니다. 구루들은 외뿔이에게 "가능한 한 멀리 떠나보라."고 했습니다.

"어디까지요?"

"네가 갈 수 있는 데까지."

"그곳은 어딜까요?"

"세상의 끝이지."

"그곳에도 독도와 같은 섬이 있고, 하얀 갈매기들이 날까요?"

"우리도 가 본 적이 없단다."

외뿔이는 한 번도 가보지 않은 세상의 끝을 상상했습니다. 그러나 세상의 끝은 상상으로도 그 풍경을 떠올릴 수가 없었습니다.

"그곳으로 가려면 바다의 어느 방향으로 가야 하나요?"

"물의 흐름에 너를 맡겨라. 그러면 물이 너를 그리로 데려다 줄 거야."

외뿔이는 며칠을 망설이다가 떠나기로 결정했습니다. 외뿔이가 여행을 떠나겠다고 하니, 주변의 고래들은 크게 걱정하지 않았습니다. 외뿔이는 갈 수 있는 한 가장 먼 동쪽으로 천천히 나아갔습니다. 열흘 남짓. 밤이 지나고 낮이 지나갔습니다. 외뿔이는 달의 사막이라고 부르는 곳에 거처를 정했습니다. 해초도 없고, 따라서 작은 어류들도 눈에 띄지 않았습니다. 삭막한 바다였습니다. 그곳은 왜와 가장 가까운 경계에 있는 곳입니다. 왜는 나라 이름인데,

동쪽에 있습니다. 해뜨는 방향에 있으므로 그 나라는 '해자리'라는 이름을 얻었습니다. 그 영토는 수천 리에 이르고 66주와 6백2군으로 분할되어 있었습니다. 그 나라를 다스리는 임금을 '천황'이라고 했습니다. 그 인근에는 고래가 살지 않았습니다. 이제 외뿔이는 제가 먹을 것은 저 스스로 구하고, 공격하는 무리에게서 스스로의 힘으로 자신을 지켜야 한다는 뜻입니다. 외뿔이는 정어리 떼를 만나고, 멸치 떼를 만났습니다. 외뿔이가 여행하는 동안 물의 흐름이 여러 번 바뀌었습니다. 마침내 몸도 마음도 지쳐갔습니다. 그즈음 외뿔이는 해저에서 몸을 숨길 수 있는 작은 동굴을 찾아냈습니다.

"여기가 내가 쉴 곳, 이곳이 내 집이다."

어쩐 일인지 그 작은 동굴이 편해 보였습니다. 외뿔이는 아주 깊은 단잠에 빠졌습니다. 외뿔이는 사흘 낮밤을 먹지도 않고 잠만 잤습니다. 그 오랜 잠에서 깨어나자 기운이 솟았습니다.

작은 동굴 속에서 외뿔이는 아주 조금만 먹고 몇 날 며칠을 꿈에 대해 생각했습니다. 외뿔이가 꿈에 대해 집중해 있는 동안 여러 날들이 흘러갔습니다.

다시 여러 달들이 흘러갔습니다.

외뿔이가 할 수 있는 일이라곤 수평선 너머로 떠나는 배 근처를 유영하며 배와 함께 먼 바다까지 나갔다가 돌아오는 일뿐이었습니다. 혼자 있다는 건 정말 삭막한 일이었습니다. 외뿔이는 친구들이 보고 싶었습니다. 달리는아이, 사냥꾼, 바람한자락, 이방인, 메아리, 달의 아이, 번개 들은 다 잘 있을까요? 그 중에서 외톨이와 함께 퇴교 징계를 당한 이방인과 번개는 지금쯤 무엇을 하고 있을까요? 외톨이는 작은 동굴을 나와 다시 여행에 나서기로 했습니다. 외뿔이는 동쪽으로, 동쪽으로 나아갔습니다.

어느 날 정오를 지난 시각, 외톨이는 여전히 동쪽으로 향한 여정을 계속하고 있었습니다. 외톨이 옆에 있던 정어리 떼가 갑자기 우왕좌왕하며 어지러운 움직임을 보였습니다. 외톨이가 왼쪽으로 고개를 돌렸을 때 스무 마리쯤 되는 한 무리의 상어들이 접근하고 있었습니다. 그들은 바다의 해적들입니다.

외뿔이는 엄마에게서 상어가 얼마나 난폭하고 무서운지에 대해 여러 번 들었습니다. 엄마도 상어 떼에게 공격을 당해 목숨을 잃었습니다. 외뿔이는 그들을 피해야 한다고 판단했습니다. 그러나 상어 무리의 눈을 피해 몸통을 숨길 만한 곳은 마땅치 않았습니다. 외뿔이는 필사적으로 달아날 수밖에 없었습니다. 상어 무리는 얼마 지나지 않아 외뿔이를 에워쌌습니다. 외뿔이는 차라리 눈을 감

았습니다. 어떻게 해야 이 위험을 피해 갈 수 있는지 마땅한 생각이 떠오르지 않았습니다.

"엄마, 도와주세요!"

외뿔이는 외쳤습니다.

그 순간 외뿔이는 옆구리에 뭔가 묵직한 것이 툭 하고 부딪치는 느낌이 들었습니다. 이내 그곳에 날카로운 통증이 왔습니다. 성질 급한 상어 한 마리가 외뿔이의 옆구리를 공격한 것입니다. 외뿔이가 고래 무리 속에 있었다면 아무리 사나운 상어 떼라도 함부로 공격하지는 못했을 것입니다. 하지만 지금은 외뿔이 저 혼자뿐입니다. 그때 다시 다른 상어가 외뿔이의 꼬리를 날카로운 이빨로 물었습니다. 그것을 신호로 상어들이 커다란 이를 드러내며 외뿔에게 달려들었습니다.

"엄마, 저를 도와주세요!"

외뿔이는 다시 한번 마음으로 외쳤습니다. 바로 그때였습니다. 외뿔이의 머리 한가운데가 열리며 어디에선가 한줄기 빛이 쏟아져 들어왔습니다. 외뿔이는 "공중으로 뛰어올라라!"라는 엄마의 목소리를 들었습니다. 외뿔이가 있는 힘을 다해서 수면을 향해서 솟구쳐 올랐습니다. 꼬리로 물을 치자 그 힘의 반동으로 외뿔이의 몸통이 수면 위로 솟아올랐습니다. 외뿔이의 도약에 상어 떼들은 잠시 주춤했습니다.

공중에 있던 외뿔이의 몸통이 다시 수면 아래로 떨어졌습니다. 상어 몇 마리가 외뿔이를 향해 달려들었습니다. 외뿔이는 힘차게 몸통을 뒤틀었습니다. 왼쪽으로 달려들던 상어 두 마리가 외뿔이의 몸통과 부딪치며 튀어나갔습니다. 외뿔이는 이번에는 반대쪽으로 몸통을 회전했습니다. 오른쪽에서 달려들던 상어 세 마리가 깜짝 놀라 물러섰습니다. 상어 떼는 예기치 않은 외뿔이의 거센 반격에 주춤해졌습니다. 그러나 상어 떼가 먹잇감으로 지목한 외뿔이를 쉽게 놔줄 리가 없었습니다. 상어 떼들은 다시 외뿔이에게 달려들고, 외뿔이는 공중으로 도약을 했습니다. 그렇게 상어 떼와 외뿔이 사이의 쫓고 쫓기는 싸움이 계속되었습니다.

외뿔이는 여기에서 상어 떼의 밥이 될 수는 없다고 생각했습니다. 외뿔이는 지치지 않고 상어 떼들의 사나운 공격에 맞서 사투를 벌였습니다. 세 시간쯤 지났을 때 상어 떼들도 지쳐버렸습니다. 처음에 외뿔이를 공격하던 상어 무리 중 이미 반은 떠나고, 남은 상어들의 공격도 활기를 잃었습니다. 얼마 지나지 않아 상어들은 외뿔이를 향한 공격을 멈추고 떠났습니다. 외뿔이는 상어 떼들이 떠난 뒤 제 모습을 돌아보았습니다. 몸통은 여기저기 찢겨 있었고, 찢어진 곳에서는 피가 흘러나왔습니다. 그보다도 외뿔이는 몸을 가눌 수조차 없을 정도로 힘이 빠져 있었습니다.

외뿔이는 힘을 빼고 해류에 몸을 맡겼습니다. 외뿔이의 몸통은 해류를 타고 흘러갔습니다. 외뿔이는 위기의 순간에 엄마가 저를 도와주었다고 믿었습니다. 그것은 엄마가 보낸 초음파였습니다. 어디에 있는지는 모르지만 엄마가 자기를 돌보고 있다는 확신이 들었습니다. 외뿔이는 불끈 힘이 났습니다. 몸통에 상처가 나고 아직도 피가 흐르지만 상어 떼를 혼자만의 힘으로 물리친 것이 자랑스러웠습니다.

엄마, 고마워요

외뿔이는 마음으로 그렇게 말했습니다. 바다 위로 어둠이 내리고, 편서풍을 타고 큰 너울이 일렁이고 있었습니다. 바다 위로 어둠이 내리니 바다 속도 어두워졌습니다. 어쨌든 엄청나게 무섭고 힘든 하루가 끝나가고 있었습니다.

해류의 블랙홀 속으로

상어 떼에게 공격을 당한지 며칠이 지났는 데도 외뿔이는 몸 여기저기가 욱신거리며 아팠습니다. 외뿔이는 여행을 멈추고 산호초가 있는 곳에서 며칠 쉬면서 몸을 추스르기로 했습니다. 바다사자들이 산호초 옆을 지나갔습니다. 외뿔이는 산호초 옆에서 먹고 자고를 되풀이했습니다. 우선 지친 몸을 회복해야만 여행을 할 수도 있을 테니까요. 외뿔이가 흰긴수염고래를 만난 것은 그곳에서 열흘쯤 지날 무렵이었습니다. 몸통이 엄청나게 커다란 흰긴수염고래가 먼저 외뿔이를 보고 다가왔습니다. 흰긴수염고래는 고양이 3만마리 쯤이 한 몸통을 이룬 것만큼이나 큰 고래입니다.

"저런, 저런, 몸을 다쳤구나!"

"네, 상어 떼들에게 공격을 당했어요."

"안됐구나. 어쩌다 혼자 돌아다니는 거니?"

"여행을 하는 중이예요."

"이 위험한 바다를 혼자 여행하다니! 정말 무모하구나! 네게도 엄마가 있을 텐데, 어린 너를 이런 여행에 나서게 하다니,……."

"제 엄마에겐 아무 잘못도 없어요."

"바다는 네가 상상하는 것보다 훨씬 더 위험으로 가득 찬 곳이란다."

"흰긴수염고래님은 어디로 가시던 중이었나요?"

"나는 이곳저곳을 정처없이 떠돈단다. 내가 태어난 게 1백 년도 더 지났으니, 이제 숨을 멈추고 이 바다를 떠날 날도 멀지 않았지. 떠나는 날까지 원없이 이 바다 구석구석을 봐야지. 넌 어디로 가는 중이냐?"

"세상의 끝까지 가보려구요."

"그곳이 어딘지는 알고 있니?"

"몰라요."

"그런데 그곳을 왜 가려고 하지?"

"구루들이 제게 가보라고 했어요."

외뿔이는 흰긴수염고래에게 묘와 요에 대해 얘기를 했습니다.

"꼬마야, 세상의 끝이란 없어."

"왜요? 한쪽 방향으로만 가다 보면 언젠가는 세상의 끝에 닿지 않을까요?"

"우리가 사는 바다는 지구라는 녹색별의 일부인데, 이 별은 공처럼 둥글단다. 만약 네가 여기서부터 출발해서 끝을 향해 나아간다면, 다시 이 지점으로 되돌아오게 되겠지."

외뿔이는 조용히 흰긴수염고래의 이야기를 들었습니다. 흰긴수염고래는 오랜 세월 동안 바다를 떠돌아다녔다고 했습니다. 그랬으니 보고 들은 바도 많았습니다. 흰긴수염고래는 그동안 떠돌아다니며 보고 들은 흥미진진한 얘기들을 외뿔이에게 들려주었습니다.

"예전에는 사람들이 고래를 많이 잡았지. 포경선을 타고 닥치는 대로 고래를 사냥했단다. 그때 많은 고래들이 작살을 맞고 피를 흘리며 달아나다 붙잡히고 결국은 죽었지. 지금 생각하면 아주 끔찍한 일이야."

"사람들은 왜 고래를 잡았나요?"

외뿔이가 물었습니다.

"고래를 잡으면 돈이 되었으니까! 사람들은 돈이란 걸 가장 좋아하는 종자들이란다."

"돈이 뭐 하는 건데요."

"돈은 뭐든지 갖고 싶은 걸 살 수 있게 하지. 사람들은 돈이면 안 되는 게 없다고 생각한단다."

"돈으로 꿈도 살 수 있나요?"

"아냐, 아냐. 그건 불가능해. 꿈은 돈 따위로는 살 수 없을 만큼 고귀한 것이지."

"저는 그 꿈을 좇아 여행을 하고 있는 거예요."

외뿔이는 우쭐한 기분이 되었습니다. 그래서 자랑스럽게 말한 것이지요.

"결국 포경선들이 지나치게 많은 고래들을 사냥하는 바람에 고래 숫자가 줄었고, 고래가 멸종해버릴 위기를 맞았단다. 그래서 여러 나라의 사람들이 모여서 고래잡이를 금지하는 법을 만들었단다. 그 바람에 큰 고래들이 살아남을 수 있게 되었지."

"고래잡는 사람들은 이제 다 사라졌나요?"

"아냐. 아직도 몰래 고래를 잡는 사람들이 있지. 고래를 잡는 사람은 가장 어리석은 사람들이란다."

"왜요?"

"고래잡이들은 고래가 자신들의 꿈으로 인도하는 정령들이란 걸 모르고 고래 살해를 하는 자들이니까!"

"정말이요?"

"그렇단다. 고래의 뇌 속에는 영혼의 지도들이 하나씩 들어 있단다. 그게 바로 꿈을 찾아갈 수 있는 지도지. 한 마리 고래가 죽으면 하나의 꿈을 찾아갈 수 있는 지도 하나가 사라지는 셈이지."

"제 뇌 속에도 그런 지도가 있을까요?"

"그럼, 네 뇌 속에도 영혼의 지도가 들어 있어. 그건 누군가의 꿈을 찾아줄 수 있는 지도야."

"이 바다에는 얼마나 많은 고래들이 살고 있을까요?"

"예전에는 사람과 똑같은 숫자의 고래들이 살았지. 그런데 사람들이 마구 남획하는 바람에 고래 숫자가 많이 줄어들었지."

"그만큼 제 꿈을 실현하지 못하는 사람들도 많아졌겠네요."

"그렇지. 사람들이 제 꿈을 찾지 못하고 이리저리 방황하다가 죽는 것도 그 꿈을 찾는 지도를 가진 고래들이 많이 죽었기 때문이야."

“오, 정말 신기한 얘기예요. 고래들의 뇌 속에 꿈을 찾는 영혼의 지도가 하나씩 들어있다니, 신기해요!”

“바다를 오래 떠돌다 보니 만난 고래도 많았단다. 너는 내가 만난 고래 중에서 가장 작은 고래야!”

“큰 고래는 얼마나 큰가요?”

“내가 본 고래 중에서 가장 큰 것은 몸통이 청회색빛을 띤 대왕고래였단다. 정말 어마어마한 크기였지. 대왕고래는 길이가 33미터나 되고 몸무게는 160톤이나 되었단다. 향고래도 큰고래에 속하겠지. 길이가 20미터쯤 된단다. 몸무게는 120톤이나 나가지. 북극고래는 길이가 15미터 이상이나 되지. 몸무게는 110톤이나 되지. 흑등고래는 길이가 17미터나 되지. 몸무게는 45톤쯤 될 거야. 참고래는 길이 25미터쯤 되고, 몸무게는 60톤이 넘는단다.”

“정말 어마어마하군요.”

“고래를 잡던 포경선들도 이젠 다 사라졌지. 그 시절이 사람들에겐 항구마다 사람들이 득시글거리고 흥청망청하던 호시절이었지. 그 많던 포경선들의 선원들은 다 어디로 갔을까?”

“설마 그 고래잡이들을 그리워하는 건 아니겠죠?”

“포경산업이 활발하던 3세기 동안 무려 100만 마리의 향고래들이 작살에 맞았단다. 정말 끔찍한 일이지."

외뿔이는 흰긴수염고래가 마음에 들었습니다. 그래서 당분간 흰긴수염고래를 따라 여행하기로 했습니다.

"여행을 한다는 건 말이야."

흰긴수염고래가 마음씨 좋은 청각장애인처럼 외뿔이를 쳐다보며 웃었습니다.

"춤추는 것과 같아! 아무리 우울해도 여행을 한다고 생각하면 기분이 좋아져! 크흐흐흐…… 꼬마야, 춤추는 게 어떤 건지 알아?"

"둘이 여행하면 둘이 춤추는 게 될까요?"

"그럼, 그럼!"

그날부터 외뿔이는 흰긴수염고래를 따라 여행을 했습니다. 흰긴수염고래는 동해를 빠져나가 북쪽으로 올라갔습니다. 외뿔이에게는 모든 것이 새로 펼쳐지는 풍경이었습니다.

한달 쯤 지났을 때 그들은 북태평양 가장 위쪽에 도달했습니다. 바닷물은 정말 차가웠습니다. 바다에는 커다란 유빙들이 떠다녔고, 그 아래로 유빙 때문에 푸른 그늘이 졌습니다. 물은 차가왔지만 북극 바다에는 고래들이 좋아하는 크릴새우가 풍부했습니다. 외뿔이는 흰긴수염고래를 따라 여행하는 동안 몸도 마음도 커졌습니다.

북극 하늘에서는 비 대신에 눈이 내렸습니다. 눈송이가 주먹만 했습니다. 그 크고 탐스런 눈이 내리는 동안 북극 바다는 여전히 온도가 낮았지만 이상하게 외뿔이에겐 포근하게 느껴졌습니다.

"여행을 하면서 무얼 보았느냐?"

어느 날 흰긴수염고래가 외뿔이에게 물었습니다.

"큰 얼음덩어리를 보았습니다."

"또 무얼 보았느냐?"

"크릴새우 떼를 보았습니다."

"그밖에 또 무얼 보았느냐?"

외뿔이는 그렇게 자꾸 묻는 흰긴수염고래의 의도를 알지 못했습니다.

"자꾸 묻는 것은 네가 항상 눈으로 본 것만 얘기했기 때문이란다. 정말 중요한 것들은 눈으로 볼 수 없는 것들이란다."

"마음, 꿈, 뭐, 이런 것들 말인가요?"

"그렇지. 지혜로운 옛책에는 큰 공간은 모서리가 없고, 큰 그릇은 늦게 이루어진다고 했단다. 큰 소리는 그 소리가 거의 들리지 않고, 큰 모습은 드러나지 않는 법이지."

외뿔이는 제 눈으로는 볼 수 없었던 게 무엇인지 생각에 잠겼습니다. 그러나 아무리 생각해도 그게 뭔지는 알 수가 없었습니다.

"네 꿈은 의외로 아주 가까운 곳에 있을 수 있단다. 그게 뭔지 잘 생각해 보거라."

돌이켜보면, 외뿔이는 제 꿈이 이끄는 대로 여기까지 왔습니다. 오래 전부터 꿈은 보이지 않지만 외뿔이가 가야 할 길을 만들어 외뿔이를 이끌고 있었습니다. 외뿔이는 제 꿈이 제 길을 이끌고 있다는 사실을 몰랐습니다. 흰긴수염고래는 그 사실을 외뿔이에게 알리고 싶었습니다. 그러나 흰긴수염고래는 외뿔이 스스로 알게 될 때까지 조금 더 기다리기로 했습니다.

어느 보름날이었습니다. 흰긴수염고래가 배가 고프다고 먹잇감 사냥에 나가고 외뿔이는 혼자 있었습니다. 하늘에 둥근 달이 떠 있고, 바다 속도 달빛 때문에 환해서 수초들이 물결에 따라 흔들리는 게 보였습니다.

"엄마는 지금 어디 계세요?"

외뿔이는 보름달을 바라보며 엄마도 어디선가 저 보름달을 보고 있다고 생각했습니다. 외뿔이의 눈에 눈물이 맺혔습니다. 엄마 생각을 하자 생각은 생각을 물고 이어졌습니다.

외뿔이가 잠이 오지 않아 뒤척이고 있던 바로 그때였습니다. 커다랗게 바위 뒤에서 돌연 검은 그림자가 나타났습니다. 아, 그것은 아주 커다란 고래였습니다. 아주 커다란 고래가 물결을 따라 천천히 움직이며 바위 옆으로 스쳐 지나갔습니다. 수초들이 기류와 함께 흔들렸습니다. 바다 속까지 들어온 환한 달빛이 수초와 함께 춤추는 듯 일렁였습니다. 외뿔이는 커다란 고래의 이마에 당당하게 솟은 뿔을 보았습니다. 아, 저 고래가 외뿔 고래일까요? 외뿔 고래가 이 근처 어딘가에 살고 있는 것일까요? 그 찰나 외뿔 고래는 사라졌습니다. 외뿔이는 제가 외뿔 고래를 진짜로 보았는지조차 믿을 수가 없었습니다. 그 어디를 둘러봐도 외뿔 고래의 모습은 없었습니다. 외뿔 고래는커녕 그 그림자도 없었습니다. 외뿔이는 당장에 내일부터 외뿔 고래가 사는 곳을 찾아봐야겠다고 생각했습니다. 외뿔이는 정말 외뿔 고래를 보기는 본 것일까요? 그게 외뿔 고래였다면 그 외뿔 고래는 어디로 사라진 것일까요?

꿈이구나 꿈이구나
사는 것도 꿈이요 죽는 것도 꿈이구나
이제오나 저제오나 외뿔 고래
꿈을 밟고 오시려나 외뿔 고래

꿈이구나 꿈이구나
사는 것도 꿈이요 죽는 것도 꿈이구나
바다에 연꽃 피면 외뿔 고래 오신다네
바다에 연꽃 피면 외뿔 고래 오신다네

이튿날 해가 뜨자마자, 외뿔이는 흰긴수염고래에게 인사를 하고, 이제부터는 혼자 여행을 하겠다고 말했습니다.

"그래, 멋진 여행이 되길 빈다."

흰긴수염고래도 흔쾌하게 허락했습니다.

외뿔이는 북극 바다를 떠나 다시 남쪽으로 향했습니다. 어쩌면 이번에는 진짜로 외뿔 고래를 만날 것만 같았습니다. 외뿔이는 먹지도 않고 자지도 않고 열흘 동안 남쪽 바다를 향해 이동했습니다. 그러다가 양미리 떼를 만나 배를 채우고, 이틀 동안 밀린 잠을 잤습니다. 그렇게 기운을 차린 뒤에 다시 남쪽 바다를 향한 여정을 이어갔습니다. 남쪽 바다로 내려올수록 수온은 높아졌고, 바다 생물들도 다양해졌습니다. 외뿔이는 보름 동안 남쪽 바다를 향한 여정을 이어갔습니다.

어느날 깊은 밤입니다. 그날도 보름달이 뜨고, 보름달이 비치고

있어서인지 바닷속도 환했습니다. 외뿔이는 "네 꿈을 좇아가라!"는 소리를 들었습니다. 외뿔이가 주변을 둘러보았지만 그런 소리를 낼 만한 아무것도 없었습니다. 환한 달빛 아래 수초들이 천천히 해류에 따라 흔들리고 있었습니다. 이상한 생각이 들었지만, 외뿔이는 조금 더 앞으로 나가보기로 했습니다. 한참 가다보니, 수심이 갑자기 깊어지고 양쪽으로 바다 속의 산이 나타났습니다. 산은 두 개로 나뉘어져 있고, 그 사이는 협곡이었습니다. 그 협곡은 수심이 얼마나 깊은지 어두컴컴했습니다. 아마 외뿔 고래가 사는 곳이라면 저런 협곡 어딘가가 아닐까, 하는 생각이 들었습니다. 외뿔이는 겁이 났지만, 그 협곡 속으로 더 들어가 보기로 했습니다. 그 협곡 속으로 유영한 지 얼마 되지 않아 해류가 심상치 않다는 게 느껴졌습니다. 우선 물이 급격하게 차가워졌고, 그 흐름이 정신을 차릴 수 없게 빨라졌습니다. 급류였습니다.

외뿔이는 몸의 균형을 잡을 수가 없었습니다. 어쩐 일인지 해류가 소용돌이치고 있어서 앞으로 나갈 수도 없고 뒤로 물러설 수도 없었습니다. 소용돌이치는 해류 속에서 외뿔이의 몸뚱이가 마구 돌았습니다. 얼마나 그렇게 소용돌이 속에서 돌았을까요? 아, 이렇게 죽는구나! 그러다가 외뿔이는 마침내 정신을 잃고 말았습니다.

외뿔이가 눈을 떴을 때 커다란 고래가 외뿔이를 내려다보고 있었습니다. 커다란 고래의 이마에는 금강석 같은 뿔이 우뚝 솟아 있었습니다.

"꿈이구나!"

외뿔이는 꿈이라고 생각했습니다.

"정신이 드나?"

커다란 고래가 외뿔이에게 물었습니다.

"여기가 어딘가요?"

"넌 하마터면 죽을 뻔했다. 바다 협곡의 소용돌이에 휘말려 정신을 잃고 있는 걸 내가 발견했단다. 정말 큰일 날 뻔했단다. 그런데 넌 어디서 왔니?"

"독도 바다에서 왔습니다."

"어쩌다가 이렇게 먼 곳까지 오게 되었니?"

"그나저나 여긴 어딘가요?"

"여긴 바다지."

"제가 여기가 바다란 걸 모르고 묻는다고 생각하지는 않으시겠죠."

"하하하하…… 여긴 바다의 바다란다."

"바다 속의 바다?"

"그렇단다. 들어보기는 했니?"

"정말이요? 정말 여기가 바다 속의 바다예요?"

"넌 어쩌다가 이 먼 곳까지 왔어?"

"그 사정을 말하려면 얘기가 길어요."

외뿔이는 눈가가 젖어서 외뿔 고래를 올려다보았습니다.

"협곡 급류에 휘말려 기진맥진 했을 테니 기운을 차릴 때까지 여기에 머물도록 해라."

"고맙습니다."

외뿔이는 여러 날을 잤습니다. 한없이 깊은 잠이 밀려왔습니다. 외뿔 고래는 외뿔이가 잠든 동안에 먹을 것들을 구해다 놓았습니다. 외뿔이는 그것들을 먹고 다시 잠들었습니다. 먹고, 자고, 먹고, 자고. 그런 날들이 흘러갔습니다. 어느 정도 몸이 회복되었을 때 외뿔이는 다시 급류가 이는 협곡으로 나갔습니다. 무언가 알 수 없는 존재가 외뿔이를 그쪽으로 부르는 것만 같았습니다.

외뿔이는 알 수 없는 구멍 속으로 빨려들어 갔습니다. 그 구멍은 이곳과 저곳, 이 시간과 저 시간, 이 세계와 저 세계 사이에 있는 구멍입니다. 블랙홀도 그런 신비한 구멍 중의 하나입니다. 수명을 다

한 별들이 그 블랙홀 속으로 사라진다지요. 그러니까 블랙홀이란 구멍은 별들의 무덤인 셈이지요. 이 구멍 속으로 빨려들어 간 존재는 자기도 모르게 지금까지와는 전혀 딴판인 세계 속으로 옮겨갑니다.

사실 알고 보면 이런 구멍들이 우리가 사는 세계와 우주에는 여기저기에 많이 있습니다. 어느 날 갑자기 사라진 존재들은 바로 이 구멍을 통해 다른 세계로 가버린 것이지요. 그래서 우리가 아무리 애써 찾아도 찾을 수가 없었던 것입니다.

꿈이구나 꿈이구나
사는 것도 꿈이요 죽는 것도 꿈이구나
이제 오나 저제 오나 외뿔 고래
꿈을 밟고 오시려나 외뿔 고래

꿈이구나 꿈이구나
사는 것도 꿈이요 죽는 것도 꿈이구나
바다에 연꽃 피면 외뿔 고래 오신다네
바다에 연꽃 피면 외뿔 고래 오신다네

은색 언덕 저 너머에서 정말 아름다운 노랫소리가 들렸습니다. 그것은 고래들의 합창이었습니다. 얼마나 시간이 흘렀을까요? 외뿔이가 정신을 차리고 눈을 떴을 때, 외뿔이는 온갖 해초와 처음 보는 낯선 꽃들이 피어 있는 곳에 누워 있었습니다. 해류는 고요하고, 해류 속에는 천 개의 향기가 흐르고 있었지요. 고요한 해류가 넓은 산호초 식생지를 천천히 지나갔습니다. 노란배바다뱀이 산호초 옆 해초 아래에 엎드려 있고, 그 위로는 푸른빛깔돔들과 불꽃지느러미 고기가 헤엄치고 있었습니다.

여기가 도대체 어딜까요? 여기가 바로 바다 속의 바다라고 하는 고래들이 찾는 푸른 낙원일까요? 우리는 외뿔이가 거기에서 얼마나 오랫동안 살았는지 알 수가 없습니다. 어쩌면 외뿔이는 지금도 끝없는 우주라는 바다를 여행하고 있는지도 모릅니다. 외뿔이는 정말 먼 은하의 저쪽 어딘가에서 외뿔 고래와 함께 다른 행성, 다른 은하를 향해 가고 있는지도 모릅니다.

내일의 독도

다시 독도의 바다에도 봄이 왔습니다. 작은 상괭이가 흰긴수염고래를 따라 북극 바다로 떠난 지 몇 십 년이 지났는지도 모릅니다. 아니 몇 백 년이 지났는지도 모릅니다. 6백년 뒤, 내륙에 있는 한 느티나무가 벼락에 맞아 죽었습니다. 가을에는 대추나무마다 대추가 잔뜩 열리고 겨울에는 서리가 내리고 내륙에는 내륙의 전설이 있고, 고래들이 사는 바다에는 바다만의 전설이 있습니다.

북극 바다로 떠난 작은 상괭이의 이야기는 독도 바다에서 전설로 내려오는 이야기입니다. 독도 해역을 지나가는 바람이 한결 순해지고, 파도도 잔잔했습니다. 바다 생물들도 생기를 되찾았습니다.

그 봄의 어느 새벽, 어미 상괭이가 새끼를 낳았습니다. 눈이 맑고 몸통이 매끄러운 새끼 상괭이입니다. 새끼 상괭이는 어미 젖을 물고 잠을 잡니다. 어느 날 어미 상괭이는 어린 상괭이를 이마 위에 얹은 채 바닷속을 달렸습니다. 그러다가 수면 위로 떠올랐습니다. 그 찰나, 어린 상괭이가 물 밖을 나와 공중 위로 떠올랐습니다. 동쪽 바다에서 해가 떠오르고 있었습니다. 어린 상괭이는 그 붉은 해를 처음으로 바라보며 언젠가 지금 이 순간과 똑같은 순간을 경험한 듯 그 광경이 낯설지 않다고 생각했습니다. 어린 상괭이의 이마에는 작은 뿔이 솟아 있습니다. 막 떠오르는 햇빛을 받아 동해의 파도들이 금빛으로 번쩍이고 있었습니다.

작가의 말

‘외뿔 고래’를 먼 바다로 떠나보내며

칠년이나 팔년 전쯤인가. 시인들 백여 명과 함께 독도를 방문한 적이 있다. 서울에서 포항을 찍고 울릉도를 거쳐 독도까지 이어지는 긴 여정이었다. 울릉도에서 독도로 가는 뱃길에서 시인들 몇은 지독한 배멀미로 위장에 있던 것들을 다 게워내고 배 바닥에서 실신하듯 나뒹굴었다. 마침내 독도에 닿았다. 그러나 때마침 너울이 강해 배가 부두 접안을 하지 못해 결국 입도는 포기했다. 배를 독도 앞바다에 정박시킨 뒤 손에 잡힐 듯 가까운 거리에서 독도를 바라봤다. 수 천 마리의 괭이갈매기들이 선회하는 하늘 아래 암석의 섬으로 우뚝 서 있는 독도는 수만 년을 망망대해 위에서 파도와 싸우며 자신의 존엄을 지켜내고 있었다.

얼핏 독도는 오랜 고난과 시련 속에서 늙고 지쳐 뼈와 가죽만 남은 호랑이 같았다. 독도는 내가 상상하던 위엄의 광휘와 영물스러움은 온데간데 없고 그저 쇠잔함으로 볼품없었다. 애잔했다. 허나 슬픔과 안쓰러움은 잠시뿐. 독도는 태고의 침묵에 감싸인 듯 해 보였다. 나는 이내 독도의 견고한 태고성과 비타협적인 꼿꼿함 앞에서 전율을 하며 숙연해졌다. 눈앞에서 바라본 한줌거리 밖에 되지 않을 듯한 암석 형상은 눈앞에서 생생한 실물 그 자체의 현존으로 의연하고 장엄했다. 가슴이 벅차고 눈가가 젖어들었다. 풍우와 파도에 깎이고 씻기며 저 가파른 목숨을 이어왔거니, 하는 생각에 그만 울컥해진 것이다. 바로 그 찰나, 무언가를 쓰고 싶다고, 반드시 써야만 한다는 생각이 온몸을 뚫고 지나갔다.

『독도 고래』의 초안은 독도를 다녀온 지 얼마 지나지 않아 머릿속에서 완성되었다. 하지만 머릿속의 구상이란 날개 달린 새와 같아서 금세 날아간다. 하나의 구상이 날아간 뒤 새 구상이 펼쳐졌다. 베갯머리 위에서 꾸는 수천의 꿈들이 그렇듯 그 구상들은 덧없이 사라졌다. 머릿속에서 쓰고 지우기를 몇 차례나 반복하며 몇 년이 훌쩍 지나가버렸다. 그래도 나는『독도 고래』를 쓰지 못했다. 독도를 가슴에 품고 팔년이 지난 어느날 갑자기 이마에 혹을 가진 토종 고래 상괭이의 이야기가 태어났다. 상처를 살아가는 동력으로 바꿔 꿋꿋하게 시련을 이기며 꿈을 찾아 먼 여정을 떠나는 '외뿔 고래'의 이야기다. 애초의 구상과는 전혀 다른 독도 이야기를 올봄에야 겨우 끝내게 되었다. "동물 내부의 침묵은 고립되고, 그 때문에 동물은 고독하다."(막스 피카르트)라고 한다. 내부의 침묵으로 고립되고, 그 고립 속에서 고독한 게 어디 동물만 그러랴!

'외뿔 고래'는 내면을 가진 동물, 말하고 상상하며 꿈을 찾아가는 동물이다. 이 '외뿔 고래'가 마성(魔性)의 바다에서 겪는 여정은 자궁과 무덤 사이에 펼쳐진 시간의 바다를 여행하는 우리 생의 여정과 겹쳐진다. 바다는 하계(下界)가 아니라 살아서 우리가 겪는 이승이다. 이 '외뿔 고래'의 이야기가 고단한 삶의 여정에서 조촐하게나마 위안과 힘이 되기를 바란다.

2012년 봄, '호접몽'에서
장석주가 몇 자 적다

어른이 읽는 동화

독도 고래

1판 1쇄 인쇄일 | 2012년 5월 8일
1판 1쇄 발행일 | 2012년 5월 15일

지은이 | 장석주
그린이 | 이두식

펴낸곳 | 동화출판사/문학의문학
주소 | 413-756 경기도 파주시 교하읍 문발리 509-3 파주출판도시
전화 | (031) 955-4961
팩스 | (031) 955-4960
등록번호 | 제3-30호(1968.1.15)
홈페이지 | www.dhmunhak.com

ISBN 978-89-431-0394-1 (03810)